LOS CULPABLES

JUAN VILLORO
LOS CULPABLES

NARRATIVA

DERECHOS RESERVADOS

© 2007   Juan Villoro
© 2017   Almadía Ediciones S.A.P.I. de C.V.
          Avenida Monterrey 153,
          Colonia Roma Norte,
          Ciudad de México,
          C.P. 06700.
          RFC: AED140909BPA

www. almadia.com.mx
www.facebook.com/editorialalmadia
@Almadia_Edit

Primera edición en Editorial Almadía S.C.: septiembre de 2007
Primera reimpresión: octubre de 2007
Segunda reimpresión: abril de 2008
Tercera reimpresión: marzo de 2012
Cuarta reimpresión: enero de 2013
Quinta reimpresión: junio de 2013
Sexta reimpresión: marzo de 2014
Primera edición en Almadía Ediciones S.A.P.I. de C.V.: julio de 2016
Primera reimpresión: agosto de 2017

ISBN: 978-607-97234-4-6

En colaboración con el Fondo Ventura A.C. y Proveedora Escolar S. de R.L.
Para mayor información: www.fondoventura.com
y www.proveedora-escolar.com.mx

Impreso y hecho en México.

JUAN VILLORO
LOS CULPABLES

Almadía

Quien calla una palabra es su dueño;
quien la pronuncia es su esclavo.

KARL KRAUS

Mariachi

−¿Lo hacemos? −preguntó Brenda.

Vi su pelo blanco, dividido en dos bloques sedosos. Me encantan las mujeres jóvenes de pelo blanco. Brenda tiene 43 pero su pelo es así desde los 20. Le gusta decir que la culpa fue de su primer rodaje. Estaba en el desierto de Sonora como asistente de producción y tuvo que conseguir 400 tarántulas para un genio del terror. Lo logró, pero amaneció con el pelo blanco. Supongo que lo suyo es genético. De cualquier forma, le gusta verse como una heroína del profesionalismo que encaneció por las tarántulas.

En cambio, no me excitan las albinas. No quiero explicar las razones porque cuando se publican me doy cuenta de que no son razones. Suficiente tuve con lo de los caballos. Nadie me ha visto montar uno. Soy el único astro del mariachi que jamás se ha subido a un caballo. Los periodistas tardaron 19 videoclips en darse cuenta. Cuando me preguntaron, dije: "No me gustan los transportes que cagan". Muy ordinario y muy estúpido. Publicaron la foto de mi BMW plateado y mi 4x4 con asientos de cebra. La Sociedad Protectora de Animales se avergonzó de mí. Además, hay un periodista que me odia y que consiguió una foto mía en Nairobi, con un rifle de alto poder. No cacé ningún león porque no le di a ninguno, pero estaba ahí, disfrazado de safari. Me acusaron de antimexicano por matar animales en África.

Declaré lo de los caballos después de cantar en un palenque de la Feria de San Marcos hasta las tres de la mañana. En dos horas me iba a Irapuato. ¿Alguien sabe lo que se siente estar jodido y tener que salir de madrugada a Irapuato? Quería meterme en un *jacuzzi*, dejar de ser mariachi. Eso debí haber dicho: "Odio ser mariachi, cantar con un sombrero de dos kilos, desgarrarme por el rencor acumulado en rancherías sin luz eléctrica". En vez de eso, hablé de caballos.

Me dicen El Gallito de Jojutla porque mi padre es de ahí. Me dicen Gallito pero odio madrugar. Aquel viaje a Irapuato me estaba matando, junto con las muchas otras cosas que me están matando.

"¿Crees que hubiera llegado a neurofisióloga estando así de buena?", me preguntó Catalina una noche. Le dije que no para no discutir. Ella tiene mente de guionista porno: le excita imaginarse como neurofisióloga y despertar tentaciones en el quirófano. Tampoco le dije esto, pero hicimos el amor con una pasión extra, como si tuviéramos que satisfacer a tres curiosos en el cuarto. Entonces le pedí que se pintara el pelo de blanco.

Desde que la conozco, Cata ha tenido el pelo azul, rosa y guinda. "No seas pendejo", me contestó: "No hay tintes blancos". Entonces supe por qué me gustan las mujeres jóvenes con pelo blanco. Están fuera del comercio. Se lo dije a Cata y volvió a hablar como guionista porno: "Lo que pasa es que te quieres coger a tu mamá".

Esta frase me ayudó mucho. Me ayudó a dejar a mi psicoanalista. El doctor opinaba lo mismo que Cata. Había ido con él porque estaba harto de ser mariachi. Antes de acostarme en el diván cometí el error de ver su asiento: tenía una rosca inflable. Tal vez a otros pacientes les ayude saber que su doctor tiene hemorroides. Alguien que sufre de manera íntima puede ayudar a confesar horrores. Pero no a mí. Sólo seguí en terapia porque el psicoanalista era mi fan. Se sabía todas mis canciones (o las canciones que canto: no he compuesto ninguna), le parecía interesantísimo que yo estuviera ahí, con mi célebre voz, diciendo que la canción ranchera me tenía hasta la madre.

Por esos días se publicó un reportaje en el que me comparaban con un torero que se psicoanalizó para vencer su temor al ruedo. Describían la más terrible de sus cornadas: los intestinos se le cayeron a la arena en la Plaza México, los recogió y pudo correr hasta la enfermería. Esa tarde iba vestido en los colores obispo y oro. El psicoanálisis lo ayudó a regresar al ruedo con el mismo traje.

Mi doctor me adulaba de un modo ridículo que me encantaba. Llené el Estadio Azteca, con la cancha incluida, y logré que 130 mil almas babearan. El doctor babeaba sin que yo cantara.

Mi madre murió cuando yo tenía dos años. Es un dato esencial para entender por qué puedo llorar cada vez que quiero. Me basta pensar en una foto. Estoy vestido de marinero, ella me abraza y sonríe ante el hombre que va a manejar el Buick en el que se volcaron. Mi padre bebió media botella de tequila en el rancho al que fueron a comer. No me acuerdo del entierro pero cuentan que se tiró llorando a la fosa. Él me inició en la canción ranchera. También me regaló la foto que me ayuda a llorar: Mi madre sonríe, enamorada del hombre que la va a llevar a un festejo; fuera de cuadro, mi padre dispara la cámara, con la alegría de los infelices.

Es obvio que quisiera recuperar a mi madre, pero *además* me gustan las mujeres de pelo blanco. Cometí el error de contarle al psicoanalista la tesis que Cata sacó de la revista *Contenido*: "Eres edípico, por eso no te gustan las albinas, por eso quieres una mamá con canas". El doctor me pidió más detalles de Cata. Si hay algo en lo que no puedo contradecirla, es en su idea de que está buenísima. El doctor se excitó y dejó de elogiarme. Fui a la última sesión vestido de mariachi porque venía de un concierto en Los Ángeles. Él me pidió que le regalara mi corbatín tricolor. ¿Tiene caso contarle tu vida íntima a un fan?

Catalina también estuvo en terapia. Esto le ayudó a "internalizar su buenura". Según ella, podría haber sido muchas cosas (casi todas espantosas) a causa de su cuerpo. En cambio, considera que yo sólo podría haber sido mariachi. Tengo voz, cara de ranchero abandonado, ojos del valiente que sabe llorar. Además soy de aquí. Una vez soñé que me preguntaban: "¿Es usted mexicano?". "Sí, pero no lo vuelvo a ser". Esta respuesta, que me hubiera aniquilado en la realidad, entusiasmaba a todo mundo en mi sueño.

Mi padre me hizo grabar mi primer disco a los 16 años. Ya no estudié ni busqué otro trabajo. Tuve demasiado éxito para ser diseñador industrial.

Conocí a Catalina como a mis novias anteriores: ella le dijo a mi agente que estaba disponible para mí. Leo me comentó que Cata tenía pelo azul y pensé que a lo mejor podría pintárselo de blanco. Empezamos a salir. Traté de convencerla de que se decolorara pero no quiso. Además, las mujeres de pelo blanco son inimitables.

La verdad, he encontrado pocas mujeres jóvenes de pelo blanco. Vi una en París, en el salón VIP del aeropuerto, pero me paralicé como un imbécil. Luego estuvo Rosa, que tenía 28, un hermoso pelo blanco y un ombligo con una incrustación de diamante que sólo conocí por los trajes de baño que anunciaba. Me enamoré de ella en tal forma que no me importó que dijera "jaletina" en vez de gelatina. No me hizo caso. Detestaba la música ranchera y quería un novio rubio.

Entonces conocí a Brenda. Nació en Guadalajara pero vive en España. Se fue allá huyendo de los mariachis y ahora regresaba con una venganza: Chus Ferrer, cineasta genial del que yo no sabía nada, estaba enamorado de mí y me quería en su próxima película, costara lo que costara. Brenda vino a conseguirme.

Se hizo gran amiga de Catalina y descubrieron que odiaban a los mismos directores que les habían estropeado la vida (a Brenda como productora y a Cata como eterna aspirante a actriz de carácter).

"Para su edad, Brenda tiene bonita figura, ¿no crees?", opinó Cata. "Me voy a fijar", contesté.

Ya me había fijado. Catalina pensaba que Brenda estaba vieja. "Bonita figura" es su manera de elogiar a una monja por ser delgada.

Sólo me gustan las películas de naves espaciales y las de niños que pierden a sus padres. No quería conocer a un genio *gay* enamorado de un mariachi que por desgracia era yo. Leí el guión para que Catalina dejara de joder. En realidad sólo me entregaron trozos, las escenas en las que yo salía. "Woody Allen hace lo mismo", me explicó ella: "Los actores se enteran de lo que trata la película cuando la ven en el cine. Es como la vida: sólo ves tus escenas y se te escapa el plan de conjunto". Esta última idea me pareció tan correcta que pensé que Brenda se la había dicho.

Supongo que Catalina aspiraba a que le dieran un papel. "¿Qué tal tus escenas?", me decía a cada rato. Las leí en el peor de los momentos. Se canceló mi vuelo a Salvador porque había huracán y tuve que ir en jet privado. Entre las turbulencias de Centroamérica el papel me pareció facilísimo. Mi personaje contestaba a todo "¡qué fuerte!" y se dejaba adorar por una banda de motociclistas catalanes.

"¿Qué te pareció la escena del beso?", me preguntó Catalina. Yo no la recordaba. Ella me explicó que iba a darle "un beso de tornillo" a un "motero muy guarro". La idea le parecía fantástica: "Vas a ser el primer mariachi sin complejos, un símbolo de los nuevos mexicanos". "¿Los nuevos mexicanos besan motociclistas?", pregunté. Cata tenía los ojos encendidos: "¿No estás harto de ser tan típico? La película de Chus te va a catapultar a otro público. Si sigues como estás, al rato sólo vas a ser interesante en Centroamérica".

No contesté porque en ese momento empezaba una carrera de Fórmula 1 y yo quería ver a Schumacher. La vida de Schumacher no es como los guiones de Woody Allen: él sabe dónde está la meta. Cuando me conmovió que Schumacher donara tanto dinero para las víctimas del *tsunami*, Cata dijo: "¿Sabes por qué da tanta lana? De seguro le avergüenza haber hecho turismo sexual allá". Hay momentos así: Un hombre puede acelerar a 350 kilómetros por hora, puede ganar y ganar y ganar, puede donar una fortuna y sin embargo puede ser tratado de ese modo, en mi propia cama. Vi el fuete de montar con el que salgo al escenario (sirve para espantar las flores que me avientan). Cometí el error de levantarlo y decir: "¡Te prohíbo que digas eso de mi ídolo!". En un mismo instante, Cata vio mi potencial *gay* y sadomasoquista: "¿Ahora resulta que tienes un ídolo?", sonrió, como anhelando el primer fuetazo. "Me carga la chingada", dije, y bajé a la cocina a hacerme un sándwich.

Esa noche soñé que manejaba un Ferrari y atropellaba sombreros de charro hasta dejarlos lisitos, lisitos.

Mi vida naufragaba. El peor de mis discos, con las composiciones rancheras del sinaloense Alejandro Ramón, acababa de convertirse en disco de platino y se habían agotado las entradas para mis conciertos en Bellas Artes con la Sinfónica Nacional. Mi cara ocupaba cuatro metros cuadrados de un cartel en la Alameda. Todo eso me tenía sin cuidado. Soy un astro, perdón por repetirlo, de eso no me quejo, pero nunca he tomado una decisión. Mi padre se encargó de matar a mi madre, llorar mucho y convertirme en mariachi. Todo lo demás fue automático. Las mujeres me buscan a través de mi agente. Viajo en jet privado cuando no puede despegar el avión comercial. Turbulencias. De eso dependo. ¿Qué me gustaría? Estar en la estratosfera, viendo la Tierra como una burbuja azul en la que no hay sombreros.

En eso estaba cuando Brenda llamó de Barcelona. Pensé en su pelo mientras ella decía: "Chus está que flipa por ti. Suspendió la compra de su casa en Lanzarote para esperar tu respuesta. Quiere que te dejes las uñas largas como vampiresa. Un detalle de mariquita un poco cutre. ¿Te molesta ser un mariachi vampiresa? Te verías chuli. También a mí me pones mucho. Supongo que Cata ya te dijo". Me excitó enormidades que alguien de Guadalajara pudiera hablar de ese modo. Me masturbé al colgar, sin tener que abrir la revista *Lord* que tengo en el baño. Luego, mientras veía caricaturas, pensé en la última parte de la conversación:

"Supongo que Cata ya te dijo". ¿Qué debía decirme? ¿Por qué no lo había hecho?

Minutos después, Cata llegó a repetir lo mucho que me convendría ser un mariachi sin prejuicios (contradicción absoluta: ser mariachi es ser un prejuicio nacional). Yo no quería hablar de eso. Le pregunté de qué hablaba con Brenda. "De todo. Es increíble lo joven que es para su edad. Nadie pensaría que tiene 43". "¿Qué dice de mí?". "No creo que te guste saberlo". "No me importa". "Ha tratado de desanimar a Chus de que te contrate. Le pareces demasiado ingenuo para un papel sofisticado. Dice que Chus tiene un *subidón* contigo y ella le pide que no piense con su pene". "¿Eso le pide?" "¡Así hablan los españoles!". "¡Brenda es de Guadalajara!". "Lleva siglos allá, se define como prófuga de los mariachis, tal vez por eso no le gustas".

Hice una pausa y dije lo que acababa de pasar: "Brenda habló hace rato. Dijo que le encanto". Cata respondió como un ángel de piedra: "Te digo que es de lo más profesional: hace cualquier cosa por Chus".

Quería pelearme con ella porque me acababa de masturbar y no tenía ganas de hacer el amor. Pero no se me ocurrió cómo ofenderla mientras se abría la blusa. Cuando me bajó los pantalones, pensé en Schumacher, un *killler* del kilometraje. Esto no me excitó, lo juro por mi madre muerta, pero me inyectó voluntad. Follamos durante tres horas, un poco menos que una carrera Fórmula 1. (Había empezado a usar la palabra "follar").

Terminé mi concierto en Bellas Artes con "Se me olvidó otra vez". Al llegar a la estrofa "en la misma ciudad y con la misma gente…", vi al periodista que me odia en la primera fila. Cada vez que cumplo años publica un artículo en el que comprueba mi homosexualidad. Su principal argumento es que llego a otro aniversario sin estar casado. Un mariachi se debe reproducir como semental de crianza. Pensé en el motociclista al que debía darle un beso de tornillo, vi al periodista y supe que iba a ser el único que escribiría que soy puto. Los demás hablarían de lo viril que es besar a otro hombre porque lo pide el guión.

El rodaje fue una pesadilla. Chus Ferrer me explicó que Fassbinder había obligado a su actriz principal a lamer el piso del set. Él no fue tan cabrón: se conformó con untarme basura para "amortiguar mi ego". Me fue un poco mejor que a los iluminadores a los que les gritaba: "¡Horteras del PP!" Cada que podía, me agarraba las nalgas.

Tuve que esperar tanto tiempo en el set que me aficioné al Nintendo. Brenda me parecía cada vez más guapa. Una noche fuimos a cenar a una terraza. Por suerte, Catalina fumó hashish y se durmió sobre su plato. Brenda me dijo que había tenido una vida "muy revuelta". Ahora llevaba una existencia solitaria, algo necesario para satisfacer los caprichos de producción de Chus Ferrer. "Eres el más reciente de ellos", me vio a los ojos: "¡Qué trabajo me dio convencerte!" "No soy actor, Brenda", hice una pausa. "Tampoco quiero ser mariachi", agregué. "¿Qué quieres?", ella sonrió de un modo fascinante. Me gustó que no dijera: "¿Qué quieres *ser*?" Parecía sugerir: "¿Que quieres *ahora*?" Brenda fumaba un purito. Vi su pelo blanco, suspiré como sólo puede suspirar un mariachi que ha llenado estadios, y no dije nada.

Una tarde visitó el set una estrella del cine porno. "Tiene su sexo asegurado en un millón de euros", me dijo Catalina. Brenda estaba al lado y comentó: "La polla de los millones".

Explicó que ése había sido el eslogan de la Lotería Nacional en México en los años sesenta. "Te acuerdas de cosas viejísimas", dijo Cata. Aunque la frase era ofensiva, se fueron muy contentas a cenar con el actor porno. Yo me quedé para la escena del beso de tornillo.

El actor que representaba al motociclista catalán era más bajo que yo y tuvieron que subirlo en un banquito. Había tomado pastillas de ginseng para la escena. Como yo ya había vencido mis prejuicios, ese detalle me pareció un mariconada.

Por cuatro semanas de rodaje cobré lo que me dan por un concierto en cualquier ranchería de México.

En el vuelo de regreso nos sirvieron ensalada de tomate y Cata me contó un truco profesional del actor porno: comía mucho tomate porque mejora el sabor del semen. Las actrices se lo agradecían. Esto me intrigó. ¿En verdad había ese tipo de cortesías en el porno? Me comí el tomate de mi plato y el del suyo, pero al llegar a México dijo que estaba muerta y no quiso chuparme.

La película se llamó *Mariachi Baby Blues*. Me invitaron a la premier en Madrid y al recorrer la alfombra roja vi a un tipo con las manos extendidas, como si midiera una yarda. En México el gesto hubiera sido obsceno. En España también lo era, pero sólo lo supe al ver la película. Había una escena en la que el motociclista se acercaba a tocar mi pene y aparecía un miembro descomunal, en impresionante erección. Pensé que el actor porno había ido al set para eso. Brenda me sacó de mi error: "Es una prótesis. ¿Te molesta que el público crea que ése es tu sexo?"

¿Que puede hacer una persona que de la noche a la mañana se convierte en un fenómeno genital? En la fiesta que siguió a la premier, la reina del periodismo rosa me dijo:

"¡Qué descaro tan canalla!" Brenda me contó de famosos que habían sido sorprendidos en playas nudistas y tenían sexos como mangueras de bombero. "¡Pero esos sexos son suyos!", protesté. Ella me vio como si imaginara el tamaño de mi sexo y se decepcionara y fuera buenísima conmigo y no dijera nada. Quería acariciar su pelo, llorar sobre su nuca. Pero en ese momento llegó Catalina, con copas de champaña. Salí pronto de la fiesta y caminé hasta la madrugada por las calles de Madrid.

El cielo empezaba a volverse amarillo cuando pasé por el Parque del Retiro. Un hombre sostenía cinco correas muy largas, atadas a perros esquimales. Tenía la cara cortada y ropas baratas. Hubiera dado lo que fuera por no tener otra obligación que pasear los perros de los ricos. Los ojos azules de los perros me parecieron tristes, como si quisieran que yo me los llevara y supieran que era incapaz de hacerlo.

Regresé tan cansado al Hotel Palace que apenas me sorprendió que Cata no estuviera en la suite.

Al día siguiente, todo Madrid hablaba de mi descaro canalla. Pensé en suicidarme pero me pareció mal hacerlo en España. Me subiría a un caballo por primera vez y me volaría los sesos en el campo mexicano.

Cuando aterricé en el D. F. (sin noticias de Catalina) supe que el país me adoraba de un modo muy extraño. Leo me entregó una carpeta con elogios de la prensa por trabajar en el cine independiente. Las palabras "hombría" y "virilidad" se repetían tanto como "cine en estado puro" y "cine total". Según yo, *Mariachi Baby Blues* trataba de una historia dentro de una historia dentro de una historia, donde todo mundo acababa haciendo lo que no quería hacer al principio y era muy feliz así. A los críticos esto les pareció muy importante.

Mi siguiente concierto –nada menos que en el Auditorio Nacional– fue tremendo: el público llevaba penes hechos con globos. Me había convertido en el garañón de la patria. Me empezaron a decir el Gallito Inglés y un club de fans se puso "Club de Gallinas".

Catalina había pronosticado que la película me convertiría en actor de culto. Traté de localizarla para recordárselo, pero seguía en España. Recibí ofertas para salir desnudo en todas partes. Mi agente se triplicó el sueldo y me invitó a conocer su nueva casa, una mansión en el Pedregal, dos veces más grande que la mía, donde había un sacerdote. Hubo una misa para bendecir la casa y Leo agradeció a Dios por ponerme a su lado. Luego me pidió que fuéramos al jardín. Me dijo que Vanessa Obregón quería conocerme.

La ambición de Leo no tiene límites: le convenía que yo saliera con la bomba sexy de la música grupera. Pero yo no podía estar con una mujer sin decepcionarla, o sin tener que explicarle la absurda situación a la que me había llevado la película.

Di miles de entrevistas en las que nadie me creyó que no estuviera orgulloso de mi pene. Fui declarado el latino más sexy por una revista de Los Ángeles, el bisexual más sexy por una revista de Ámsterdam y el sexy más inesperado por una revista de Nueva York. Pero no me podía bajar los pantalones sin sentirme disminuido.

Finalmente, Catalina regresó de España a humillarme con su nueva vida: era novia del actor porno. Me lo dijo en un restorán donde tuvo el mal gusto de pedir ensalada de tomate. Pensé en la dieta del rey porno, pero apenas tuve tiempo de distraerme con esta molestia porque Cata me pidió una fortuna por "gastos de separación". Se los di para que no hablara de mi pene.

Fui a ver a Leo a las dos de la madrugada. Me recibió en el cuarto que llama "estudio" porque tiene una enciclopedia. Sus pies descalzos repasaban una piel de puma mientras yo hablaba. Tenía puesta una bata de dragones, como un actor que interpreta a un agente vulgar. Le hablé de la extorsión de Cata.

"Tómala como una inversión", me dijo él.

Esto me calmó un poco, pero yo estaba liquidado. Ni siquiera me podía masturbar. Un plomero se llevó la revista *Lord* que tenía en el baño y no la extrañé.

Leo siguió moviendo sus hilos. La limusina que pasó por mí para llevarme a la gala de MTV Latino había pasado antes por una mulata espectacular que sonreía en el asiento trasero. Leo la había contratado para que me acompañara a la ceremonia y aumentara mi leyenda sexual. Me gustó hablar con ella (sabía horrores de la guerrilla salvadoreña), pero no me atreví a nada más porque me veía con ojos de cinta métrica.

Volví a psicoanálisis: dije que Catalina era feliz a causa de un gran pene real y yo era infeliz a causa de un gran pene imaginario. ¿Podía la vida ser tan básica? El doctor dijo que eso le pasaba al 90% de sus pacientes. No quise seguir en un sitio tan común.

Mi fama es una droga demasiado fuerte. Necesito lo que odio. Hice giras por todas partes, lancé sombreros a las gradas, me arrodillé al cantar "El hijo desobediente", grabé un disco con un grupo de hip-hop. Una tarde, en el Zócalo de Oaxaca, me senté en un equipal y oí buen rato la marimba. Bebí dos mezcales, nadie me reconoció y creí estar contento. Vi el cielo azul y la línea blanca de un avión. Pensé en Brenda y le hablé desde mi celular.

"Te tardaste mucho", fue lo primero que dijo. ¿Por qué no la había buscado antes? Con ella no tenía que aparentar nada. Le pedí que fuera a verme. "Tengo una vida, Julián", dijo en tono de exasperación. Pero pronunció mi nombre como si yo nunca lo hubiera escuchado. Ella no iba a dejar nada por mí. Yo cancelé mi gira al Bajío.

Pasé tres días de espanto en Barcelona, sin poder verla. Brenda estaba "liada" en una filmación. Finalmente nos encontramos, en un restorán que parecía planeado para japoneses del futuro.

"¿Quieres saber si te conozco?", dijo, y yo pensé que citaba una canción ranchera. Me reí, nomás por reaccionar, y ella me vio a los ojos. Sabía la fecha de la muerte de mi madre, el nombre de mi ex psicoanalista, mi deseo de estar en órbita, me admiraba desde un tiempo que llamó "inmemorial". Todo empezó cuando me vio sudar en una transmisión de Telemundo. Se había tomado un trabajo increíble para ligarme: convenció a Chus de que me contratara, escribió mis parlamentos en el guión, le presentó a Cata al actor porno, planeó la escena del pene artificial para que mi vida diera un vuelco. "Sé quién eres, y tengo el pelo blanco", sonrió. "Tal vez pienses que soy manipuladora. Soy productora, que es casi lo mismo: produje nuestro encuentro".

Vi sus ojos, irritados por las desveladas del rodaje. Fui un mariachi torpe y dije: "Soy un mariachi torpe". "Ya lo sé", Brenda me acarició la mano.

Entonces me contó por qué me quería. Su historia era horrible. Justificaba su odio por Guadalajara, el mariachi, el tequila, la tradición y la costumbre. Le prometí no contársela a nadie. Sólo puedo decir que ella había vivido para escapar de esa historia hasta que supo que no tenía otra historia que escapar de su historia. Yo era "su boleto de regreso".

Pensé que nos acostaríamos esa noche pero ella aún tenía una producción pendiente: "No me quiero meter con tu trabajo pero tienes que aclarar lo del pene". "El pene no es mi trabajo: ¡lo inventaron ustedes!". "Eso, lo inventamos nosotros. Un recurso del cine europeo. Se me había olvidado lo que un pene puede hacer en México. No quiero salir con un hombre pegado a un pene". "No estoy pegado a un pene, lo tengo chiquito", dije. "¿Qué tan chiquito?", se interesó Brenda. "Chiquito normal. Velo tú".

Entonces ella quiso que yo conociera sus principios morales: "Lo tienen que ver todos tus fans", contestó: "Ten la valentía de ser normal". "No soy normal: ¡Soy el Gallito de Jojutla, mis discos se venden hasta en las farmacias!". "Lo tienes que hacer. Estoy harta de un mundo falocéntrico". "¿Pero *tú* sí vas a querer *mi* pene?" "¿Tu pene chiquito normal?", Brenda bajó la mano hasta mi bragueta, pero no me tocó. "¿Qué quieres que haga?", le pregunté.

Ella tenía un plan. Siempre tiene un plan. Yo saldría en otra película, una crítica feroz al mundo de las celebridades, y haría un desnudo frontal. Mi público tendría una versión descarnada y auténtica de mí mismo. Cuando pregunté quién dirigía la película, me llevé otra sorpresa.

Tampoco ella me dio a leer el guión completo. Las escenas en las que aparezco son raras, pero eso no quiere decir nada: el cine que me parece raro gana premios. Una tarde, en un descanso del rodaje, entré a su tráiler y le pregunté: "¿Qué crees que pase conmigo después de *Guadalajara*?" "¿Te importa mucho?", respondió.

Brenda se había esforzado como nadie para estar conmigo. Si la abrazaba en ese momento me soltaría a llorar. Me dio miedo ser débil al tocarla pero me dio más miedo que ella no quisiera tocarme nunca. Algo había aprendido de Cata: el cuerpo tiene partes que no son platónicas:

"¿Te vas a acostar conmigo?", le pregunté.

"Nos falta una escena", dijo, acariciándose el pelo.

Despejó el set para filmarme desnudo. Los demás salieron de malas porque el *catering* acababa de llegar con la comida. Brenda me situó junto a una mesa de la que salía un rico olor a embutidos.

Se quedó un momento frente a mí. Me vio de una manera que no puedo olvidar, como si fuéramos a cruzar un río. Sonrió y dijo lo que los dos esperábamos:

—¿Lo hacemos? —se colocó detrás de la cámara.

En la mesa del bufet había un platón de ensalada. Yo estaba a treinta centímetros de ahí.

La vida es un caos pero tiene secretos: antes de bajarme los pantalones, me comí un tomate.

Patrón de espera

Estoy tan a disgusto con la realidad que los aviones me parecen cómodos. Me entrego con resignación a las películas que no quiero ver y la comida que no quiero probar, como si practicara un disciplinado ejercicio espiritual. Un samurái con audífonos y cuchillo de plástico. Suspendido, con el teléfono celular apagado, disfrutando el nirvana en el que no hay nada qué decidir. La aviación es eso para mí: una manera de posponer los números que pueden alcanzarme.

La última llamada que recibí en tierra fue de Clara. Yo estaba en el aeropuerto de Barcelona y ella me dijo con angustia: "¿Crees que va a volver?" Se refería a Única, nuestra gata. "¿Ha temblado?", pregunté. Los gatos intuyen los temblores. Algo –una vibración del aire– les permite saber que la tierra se va a abrir. El momento de huir a la intemperie.

Los gatos son sismólogos anticipados. Las gatas se quedan en casa, en especial las de angora. Eso nos habían dicho. Sin embargo, Única ha huido dos veces, sin terremoto de por medio.

"Tal vez registra temblores emocionales", bromeó Clara en el teléfono. Luego comentó que los Rendón la habían

27

invitado a Valle de Bravo. Si mi vuelo no llegaba a tiempo, ella iría por su cuenta. Anhelaba un fin de semana de sol y veleros.

"¿Algún día tomarás un vuelo directo?", preguntó antes de despedirse.

Llevo una vida en zig-zag. Por alguna razón, mis itinerarios desembocan en ciudades que obligan a hacer conexiones: Amberes, Oslo, Barcelona. Trabajo para la compañía que produce la mejor agua insípida del mundo. Esta frase no es despreciativa: nuestra agua no se bebe por el sabor sino porque pesa menos en la boca. Un lujo ingrávido.

El planeta siempre tiene sed. Todos necesitan beber algo. Pero algunos reclaman el deleite adicional del agua ligera.

Viajo mucho a los sitios que compran agua cara y mi condición habitual es el *jet-lag*. Me he acostumbrado al desfase en la percepción, las cosas que veo cuando debería estar dormido. Leo mucho en las largas horas de desplazamiento, o pienso de cara a la ventanilla ovalada del avión. Con frecuencia doy con ideas que me parecen místicas y al llegar a tierra se evaporan como una loción.

Salimos con retraso de Barcelona. Ahora sobrevolamos Londres, fuera de itinerario. "Estamos en *patrón de espera*", informa el piloto. No hay sitio para nosotros.

El avión se ladea en una curva parsimoniosa. Daremos vueltas en círculo, como moscas de fruta, en lo que se desocupa una pista. Una espléndida luz de otoño saca brillo a los prados allá abajo, el Támesis resplandece como la hoja de una espada, la ciudad se desperdiga hacia confines imprevistos.

En Londres hay una hora menos que en Barcelona. Esos minutos que aún no suceden son una ventaja para la conexión, pero no quiero pensar en ellos. Tendré que tomar el autobús de la terminal 2 a la 4 como si me sumiera en el frenesí de un parque temático. Pienso en O. J. Simpson antes de la acusación de asesinato, cuando sobresalía en su papel de desesperado exitoso que devoraba yardas en el futbol americano y en los anuncios donde estaba a punto de perder un avión. Eso me gusta de los aeropuertos. Sólo constan de tensión interna. El exterior se borra. Hay que correr en pos de una puerta de salida. Es todo. El destino se llama "puerta 6". O. J. estaba hecho para eso, para correr lejos de las llamadas interrumpidas, el desamor, la mirada ausente, la ropa ensangrentada.

La voz del capitán ha sido relevada por música para el aterrizaje. Tecno-flamenco. Damos vueltas a miles de metros de altura mientras vemos el reloj. ¿Cuántos vuelos se van a perder en este vuelo? Si la música fuera distinta, nos preocuparíamos menos. En una oficina remota alguien decidió que se aterrizaba bien al compás de esos gitanos siderales. Es posible que así sea: un sonido de modernidad y naranjas. Música para llegar, no para esperar por tiempo indefinido, mientras las puertas se cierran allá abajo.

He perdido suficientes conexiones para que Clara sospeche que forman parte de un plan: "Tanta mala suerte no es normal". Frankfurt cerrado por nieve, Barajas por huelga. He tenido que dormir en hoteles donde sientes que desperdicias una oportunidad de suicidarte. Del atractivo orden provisional del aeropuerto pasas a la sordidez de lo que no debe durar. Una cama alquilada en un sitio donde nadie espera volver a verte.

Clara sólo tiene razón en parte: mi mala suerte es normal, pero no es tan mala. Una vez perdí el avión en Heathrow, bajo un cielo rosáceo. El hotel accidental resultó agradable. Los jumbos recorrían las pistas a la distancia, como ballenas de sombra, y en el *lobby* me encontré a Nancy. También ella había perdido su vuelo. Trabajamos en ciudades lejanas para la misma compañía.

Cenamos en un *pub* donde transmitían un partido del Chelsea. A ninguno de los dos nos gusta el fútbol, pero vimos el juego con extraña intensidad. Vivíamos horas prestadas. Nancy tiene un extraordinario pelo rubio que parece lavar con el agua que promovemos. Siempre me ha gustado, pero sólo entonces, en ese tiempo fuera del tiempo, me pareció lógico tomar su mano y juguetear con su anillo de casada.

Ella dejó mi cuarto al amanecer. Vi su silueta en el frío de la calle. A lo lejos, un triángulo de focos morados indicaba la confluencia de dos avenidas que iban a dar al aeropuerto. Las torres de control parecían faros a la deriva, los radares giraban en busca de señales. Respiré en mi mano el perfume de Nancy y entendí, como pocas veces, la belleza artificial del mundo.

Nos volvimos a ver en juntas y convenciones, sin aludir al encuentro de los aviones perdidos. Cuando Clara sugirió que yo me retrasaba adrede, recordé ese episodio solitario y hablé en un tono que me incriminó, como O. J. ante el jurado, cuando se puso el guante negro del asesino de su esposa, y le quedó de maravilla. Quise correr pero no estaba en un aeropuerto.

"¿Hay alguien más?", me preguntó Clara. Dije que no, y era cierto, pero ella me vio como si yo fuera un televisor que sólo transmitía ceniza.

Ahora vuelvo a sobrevolar Heathrow. ¿Qué posibilidades hay de que también Nancy pierda un vuelo? En caso de encontrarnos, ¿podríamos ser ajenos a esa geometría?

Nancy no insinuó que un reencuentro fuera posible. Sin embargo, yo no podía ser indiferente al tono incierto en que dijo: "Sabes adonde despegas pero no a qué cielo llegas". Luego se recostó sobre mi pecho.

Hojeé la revista del avión. Paisajes codiciables, el rostro de un célebre arquitecto y, lo menos esperado, un cuento de Elías Rubio. Aunque cada vez publica más, encontrarlo siempre es una sorpresa desagradable. Elías estuvo a punto de casarse con Clara. Tiene un estilo llamativo para los que no están casados con ella. No puedo leer un párrafo suyo sin sentir que le envía mensajes.

El tecno-flamenco aturdía mis oídos, quedaba poco tiempo para la conexión y yo empezaba a buscar excusas para explicarle a Clara que no había perdido ese avión adrede. Necesitaba otro problema. Por eso leí el cuento. Elías es una sanguijuela que chupa realidad. Es una de las razones porque estoy a disgusto con la realidad.

La primera vez que Única se fue de la casa pegamos carteles en los postes de la calle, dejamos nuestro teléfono en el veterinario de la zona, fuimos a un programa de radio especializado en fuga de mascotas.

Las gatas no se van pero la nuestra se había ido. Una tarde, Clara volvió a preguntarme si de veras no me importaba que no pudiera embarazarse. Había bebido un té de la India y sus palabras olieron a clavo. Le dije que no y pensé en el absurdo nombre de la gata, que Clara escogió como un valiente golpe de humor y con los años se transformó en una dolorosa ironía. Bajé la vista. Cuando la alcé, Clara miraba algo en

31

el jardín. Oscurecía. Tras un arbusto había un brillo opaco, neblinoso. Clara me apretó la mano. Segundos después, distinguimos el pelo de Única, ensuciado por su ausencia.

Esa noche, Clara me acarició como si sus manos estuvieran hechas de una lluvia que no moja. Al menos, así describió la escena Elías, que la incluyó tal cual en su cuento. El título era odioso: "El tercero incluido". ¿Se refería a sí mismo? ¿Seguía viendo a Clara? ¿Ella le contaba esas minucias? El infame cuentista describía bien un gesto nervioso, la forma en que ella se toma el pelo para formar un tirabuzón. Clara sólo lo suelta cuando decide algo que no puede comunicar.

Sentí hielo en la espalda al seguir leyendo: Elías anticipaba la segunda desaparición de la gata. Después de reconciliarse con su pareja —un ínfimo vendedor de talco—, la heroína advertía que el bienestar no era otra cosa que sufrimiento detenido. El regreso de la gata había completado un dibujo: todo estaba en orden; sin embargo, la vida verdadera reclamaba un cambio, una fisura. La mujer se llevaba la mano al pelo, formaba un tirabuzón y lo soltaba. Sin avisarle a nadie, tomaba la gata y la llevaba al campo.

¿En verdad había pasado eso? ¿Clara se deshizo de la gata para atribuirlo a mis ausencias o para preparar su propia ausencia? Elías estaba lleno de fantasías revanchistas (¡por algo era escritor!), pero la materia del cuento no provenía de la imaginación. Había demasiados datos reales. ¿Qué significaba Única en el cuento? ¿La mujer se liberaba a sí misma al liberar a la gata? Cuando Clara me llamó a Barcelona habló de la gata como quien dice una clave. Sólo ahora, suspendido en el aire de Londres, me daba cuenta.

Patrón de espera: si no llego a tiempo, ella pasará el fin de semana con los Rendón, la pareja que en una fecha ya difusa le presentó a Elías Rubio.

Un rechinido metálico: el tren de aterrizaje. Aún puedo alcanzar mi vuelo. Terminal 4, puerta 6.

¿Empieza Clara a anticipar mis aviones perdidos como los gatos anticipan los temblores? ¿Qué extraña cuando extraña a Única? ¿Qué horas son en mi país? ¿Se acaricia ella el pelo y forma un tirabuzón? ¿Lo soltará antes de que yo llegue a la puerta de salida? ¿Habrá un atardecer rosáceo en Heathrow? ¿Alguien más pierde un vuelo? ¿Nuestro avión desplaza a otro que aún podía llegar a tiempo?

Las turbinas rugen en forma atronadora. Tocamos pista. Siento el cuerpo entumido, consciente de pasar a otra lógica.

Lo que sucede en tierra. La geometría del cielo.

El silbido

–Los fantasmas se aparecen, los muertos nada más regresan –eso me dijo Lupillo, mientras exprimía una esponja. Siempre hay que creerle a un masajista. Es el único que dice la verdad en un equipo, el único que no tiene otra ilusión que aliviar un músculo con spray antidolor.

Esa fue la primera señal de que me había convertido en un apestado. La segunda fue que nadie me hizo bromas de bienvenida. Había vuelto al Estrella Azul, el equipo donde me inicié. Si alguien me tuviera afecto, habría puesto orines en mi botella de champú. Así de básico es el mundo del futbol.

–¡Hasta te hicimos tu misa de difuntos! –agregó Lupillo. Vi su calva pulida como una esfera de la fortuna. Sí, me hicieron una misa donde el cura elogió mi garra y mi pundonor, virtudes que la muerte volvía verdaderas. Los cadáveres tienen pundonor.

Estuve a punto de morir con los Tucanes de Mexicali. He visto fotos de gente que juega en campos minados. En cualquier guerra hay personas desesperadas, suficientemente desesperadas para que no les importe perder un pie con tal de chutar un balón. Tal vez si yo estuviera en la guerra sentiría que no hay nada más chingón que patear algo redondo como el cráneo de tu enemigo. Para mí el paraíso no tiene balones. Supongo que el paraíso de los delanteros está lleno de balones. El de un medio de contención es un campo despejado, en el que ya no hay nada que hacer y al fin te rascas los huevos, las pelotas que no has podido tocar en toda tu carrera.

Estuve a punto de morir con los Tucanes de Mexicali. Lo repito porque es absurdo y aún no lo entiendo. Me pregunto si la bomba tenía forma de balón, si era como la que el correcaminos le pone al coyote en las caricaturas. Una preocupación estúpida, pero no puedo dejar de pensar en eso.

Pasé tres días bajo los escombros. Me dieron por muerto. Me borraron de todas las alineaciones de todos los equipos. No es que muchos clubes se disputaran mi presencia, pero me gusta pensar que me borraron.

Cuando recuperé el sentido, los Tucanes habían vendido su franquicia. Con la bomba estalló el sueño de que existiera un equipo tan cerca de Estados Unidos, en la única cancha ubicada bajo el nivel del mar. Demasiados rumores rodearon la noticia. Casi todos tenían que ver con el narcotráfico: el cártel del Golfo no quería que el cártel del Pacífico desafiara su injerencia en el futbol.

Yo no sabía nada de Mexicali hasta que los trillizos entraron a mi cuarto en la ciudad de México. Me había fracturado el tobillo y estaba harto de ver televisión.

—Te buscan —dijo Tere. Por la cara que puso debí saber que los tres visitantes venían rapados rapados.

No sólo eso: eran gordísimos, como luchadores de sumo. Sus camisetas dejaban ver tatuajes en varios colores. Los tres llevaban un barbita de chivo, muy cuidada.

Pusieron un paquete de cerveza Tecate en la cama, como si fuera un regalo increíble:

—La fábrica está cerca del estadio.

Eso dijeron.

Siempre me ha gustado la cerveza Tecate. Tal vez lo que más me gusta es la lata roja y el escudo que tiene, de todas maneras no fue una estupenda manera de empezar una conversación.

Los gordos eran raros. Tal vez estaban locos. Formaban la directiva de los Tucanes de Mexicali. La cervecería los patrocinaba.

Les pregunté su nombre y respondieron como un grupo de *hip-hop*:

—Trillizo A, Trillizo B, Trillizo C.

¿Podía hacer tratos con gente así?

—Nos gusta el perfil bajo —comentó cualquiera de ellos—. No nos toman fotos, no vamos al palco, no tenemos nombres. Amamos el futbol.

—Perdón, pero ¿dónde chingados queda Mexicali? —pregunté.

Me explicaron cosas que no olvidé y tal vez no eran ciertas. En tiempos de Porfirio Díaz ese desierto se volvió famoso porque ahí se extravió un pelotón de soldados. Perdieron la orientación y todos murieron, achicharrados por el calor. Nadie podía vivir ahí. Hasta que llegaron los chinos. Les dieron permiso de quedarse porque pensaron que morirían. ¿Quién resiste temperaturas de 50 grados bajo el nivel del mar? Los chinos.

Mientras hablaban, los individualicé de un modo raro. Me pareció que tenían sangre china. Podía distinguirlos como se distingue a los chinos tatuados: el del dragón, el del puñal, el del corazón sangrante.

—¿Te gusta el pato laqueado? —preguntó el Trillizo C.

Luego hablaron de dinero. Dijeron una cantidad. Me costó trabajo tragar saliva.

No contesté. Los trillizos apenas llegaban a los treinta años. La obesidad los hacía verse como bebés radioactivos de una película de ciencia ficción china.

—Eso vales —el Trillizo B se rascó la barba—, Los Tucanes te necesitan.

—La cervecería nos apoya —señalaron el paquete sobre la cama.

En ese momento debí entender que pretendían lavar sus negocios con cerveza. Los narcos son tan poderosos que pueden actuar como narcos. Ninguno de ellos parece maestro de geografía.

En vez de pedir unos días para pensar la oferta hice una pregunta que me perdió:

—¿Piensan contratar argentinos?

—¡Ni madres! —dijo el Trillizo A.

Vi su sonrisa y me pareció detectar el brillo de un diamante en su colmillo.

Acababa de cumplir 33 años y estaba fracturado. No podía rechazar esa temporada en el desierto. En el partido en que me rompieron el tobillo, anoté un autogol: "La última anotación de Cristo", escribió un chistoso de la prensa para celebrar mi martirio.

—Estás jugando con fuego —me dijo Tere. Eso me gustó. Me gustó jugar con fuego.

Ella veía las cosas de otro modo. Si alguien se interesaba en mí, sólo podía ser sospechoso:

—En Mexicali no hay tucanes —repitió la frase un día y otro día hasta que ya no hablamos de tucanes sino de argentinos.

Al país de Maradona le debo dos fracturas, dieciséis expulsiones, una temporada en la banca ante un técnico que me acusaba de "priorizar mis traumas". Lo que no sabía es que también les iba a deber mi divorcio.

El Pelado Díaz jugó conmigo en dos equipos. Un tipo con la cabeza llena de palabras que en las entrevistas hablaba como si esa mañana hubiera desayunado con Dios.

Sí, soltaba un rollo interminable, pero no tenía nada tan largo como su verga. Son las cosas que tienes que ver en el vestidor. Nada de esto sería especial si no fuera porque también Tere lo supo. Lo del tamaño del Pelado, a eso me refiero. Cuando ella me acusaba de "jugar con fuego", venía de estar con él. Los encontré en mi propia cama. No fue la clásica situación en que el marido regresa antes de tiempo. "Vuelvo a las seis", le dije a Tere y a las seis la encontré montada en la gran verga del Pelado. Fue su manera de decirme que no quería ir a Mexicali.

Nos divorciamos por correo, gracias a un abogado con cinco anillos de oro que me consiguieron los trillizos.

En el camino a Mexicali pasé por la Rumorosa, una sierra donde el viento sopla tan fuerte que vuelca los camiones. Al fondo, en un precipicio, se veían restos de coches accidentados. Sentí una paz bien extraña. Un lugar para el fin de las cosas. Un lugar para terminar mi carrera.

Seguí en mi posición de medio escudo, cada vez más en funciones de quinto defensa. Recuperaba balones a precio accesible para los trillizos, aunque cada vez era más frecuente que me recuperaran a mí de entre las piernas de los contrarios.

Me acostumbré a jugar con dolor y luego me acostumbré a las inyecciones. Jugué infiltrado más veces de las que le conviene a un cuerpo normal. Pero el mío no es un cuerpo normal. Es un bulto pateado. Cuando me buscaba el nervio con la aguja, la doctora hablaba de mi carne calcificada, como si me estuviera convirtiendo en una pared. La idea me gustaba: una pared donde chocan los contrarios y se descalabran los argentinos.

Uno de los trillizos tenía un tigre blanco. Su comida valía más que mi sueldo. Le caí en gracia al directivo cuando le pedí que me pagara lo mismo que al tigre.

—También tengo una orca —me dijo—: ¿Qué prefieres: sueldo de tigre o de orca? —estiró sus ojos de chino misterioso.

No entiendo de animales. Me subieron el sueldo, pero no supe a qué animal correspondía.

Me gustó Mexicali, sobre todo por la comida: pato laqueado, won-tong, costillas de cerdo agridulce, lo típico de ahí. En un restorán conocí a Lola. Trabajaba de mesera. Era hija de chinos y pronunciaba: "Lo-l-a". Me gustaba sentarme frente al cuadro de una cascada que se movía. Lo veía hasta que lo desconectaban. Lola me contó que una vez un chino se hipnotizó con el cuadro. Sólo despertó cuando le pusieron un celular en el oído, con la canción "Río amarillo".

—¿Has oído "Río amarillo"? —me preguntó Lola.

Dije que no.

—Música chida. Música china —a veces hablaba así. No sabías si decía dos cosas distintas o si las palabras que venían después cancelaban las que había dicho antes.

El chino hipnotizado trabajaba para los trillizos.

—No creas lo que dicen de ellos —explicó Lola—. No son narcos del Pacífico. Trabajan para el otro Pacífico. Su mafia es de Taiwán —dijo esto último como si fuera algo muy bueno.

Al final de la comida, Lola regalaba juguetes. Un gatito de plástico al que se le iluminaba la panza, cosas así. Todos se descomponían diez minutos después.

–Los trillizos traen los juguetes –me dijo cuando yo salía de ahí con algo roto en las manos.

Fue muy presuntuoso pensar que habían comprado mi carta con droga. La habían comprado con juguetes que se descomponen.

Los trillizos habían prometido que los Tucanes no tendrían argentinos, pero uno de ellos hizo un viaje a la pampa. Regresó con un tatuaje del Che Guevara. Unos dijeron que los vientos de la Patagonia lo volvieron loco. Otros que se había drogado en un barco que iba a un glaciar, se cayó al agua helada y lo regresaron pasmado. Ahora quería que le dijeran "Trillizo Che".

Parte de su locura fue buena para el equipo. Contrató a un jugador muy raro para los Tucanes, con más futuro que pasado. Patricio Banfield acababa de cumplir 22 años y venía de Rosario Central. Tocaba el balón como si anunciara zapatos. "Te regalas demasiado", me dijo el entrenador cuando Patricio mostró que podía hacer conmigo lo que quisiera.

Lo único raro era el silbido con que se hacía notar en la cancha. "Es una costumbre de pueblo", decía: "Me gusta que sepan dónde estoy". Me acostumbré a recuperar balones y a oír el silbido a lo lejos. Chutaba con fuerza en esa dirección. No hicimos milagros pero Patricio anotó con regularidad. Un *crack* sufrido, con ganas de lucirse en ese lugar que sólo existía porque los chinos habían sobrevivido al calor.

No me gustan los animales pero estaba cansado de llegar a una casa sin ruidos y compré un loro. Hablaba tanto como un argentino. Se lo ofrecí a Lola pero ella me dijo: "Los

41

loros traen mala suerte". Fue la primera señal de lo que iba a pasar. O tal vez no. Tal vez la primera señal fue que me sintiera bien en la Rumorosa, viendo los coches que se habían ido a pique. "El futbol se acaba pronto", me había dicho Lupillo cuando yo apenas empezaba: "Lo malo no es eso; lo malo es que luego no se termina de acabar. Los recuerdos duran mucho más que las piernas: más vale que tengas buenos recuerdos". Yo estaba en el desierto, acabando una carrera de malos recuerdos, pero no me disgustaba estar ahí. Un lugar para salir, para que todo se termine y no importe.

Hasta me acostumbré al loro. Me sentaba con él en el porche de la casa. Una casa de un piso y ventanas con mosquiteros. Enfrente estaba un tráiler en el que vivía una pareja de gringos. Durante cuarenta años él había vendido caramelos en Woolworth's. El dinero de su pensión le rendía más en México. Sólo iba a regresar al otro lado en un ataúd. Mi loro iba a vivir más que los vecinos. Nada de eso me daba tristeza. Ahora que lo pienso me parece triste, pero ahí sólo pensaba en el sol. En que no me pegara demasiado.

Una tarde rompí una galleta de la fortuna en el restorán de Lola. El mensaje decía: "Sigue tu estrella". Así nada más.

Esa tarde, uno de los trillizos salió de la cocina del restorán, seguido de mucho vapor. Vio el mensaje de la galleta y adivinó: "Vas a volver al Estrella Azul". Luego salió del restorán, muy despacio, como si nosotros alucináramos sus movimientos: una sombra gorda que flota. Me pareció terrible regresar al Estrella Azul. Tal vez por eso pensé que seguir mi estrella era estar con Lola. Vi su cara de china joven, ni guapa ni fea, sólo joven y china. Olía a té. Le propuse que nos viéramos en otro sitio. No quiso. "Tu loro da mala suerte", repitió, como si el animal fuera una parte de mi cuerpo o como si estuviéramos atrapados en una leyenda y el loro fuera el espíritu de su abuelo chino.

Con el cambio me dio una bolsita con un signo chino.

–Significa "mucho viento" –explicó.

Pensé en la Rumorosa y esta vez los coches provocaron ansiedad. Seguí nervioso hasta que Lola apagó la cascada. No quise volver ahí.

Rompí con Lola sin haber estado con ella. Ya desde antes me habían gustado las porristas del equipo. Cuando las vi la primera vez, sentí que yo las había escogido a todas, pero me concentré en Nati.

Patricio Banfield me preparó el terreno con Nati. Su novia –una vocalista *country* que cantaba con demasiado sentimiento, haciendo caras de guerra de las galaxias– era amiga de Nati. Empezamos a salir y una mañana ella olvidó su pantalocito de animadora en mi casa. Lo dejó en el antecomedor, junto a su plato de cereal. Vi el tráiler de los gringos por la ventana, vi la jaula del loro, vi la luz color miel del desierto. Comí lo que Nati había dejado en el plato, lo mejor que he comido.

Otro día, mientras veíamos el amanecer color sangre, me dijo que iban a vender el equipo entero. Le pregunté cómo lo sabía. No contestó. La vi a los ojos. En la cancha nada te pierde como ver a un contrario a los ojos. Te puede insultar y escupir durante todo el partido sin que eso importe, pero de pronto fijas la mirada y la sangre te hierve. Eso le pasó a Zidane en Alemania. Estoy seguro. La furia de los ojos. Me han expulsado por buscar lo que un rival tiene ahí. Con ella fue distinto. Sus ojos no decían nada. Dos monedas quietas. Odié no ser capaz de preocuparla. Luego dijo:

—Patricio debería quedarse. Si siguiera aquí, no venderían la franquicia.

Mi amigo estaba en negociaciones con los Toltecas, un equipo fuerte del DF, que nunca gana las ligas pero llega lejos y tiene pretexto para vender y comprar jugadores. Aquí el negocio no es ser campeón sino traspasar jugadores.

Un día nos quedamos sin agua caliente en los vestidores y nos dijeron que los trillizos estaban quebrados. Otro día nos dijeron que a los chinos les gustaba el futbol y querían comprar el equipo. Otro día nos dijeron que a los enemigos de los trillizos no les gustaba que a los chinos les gustara el futbol. Patricio hablaba todo el día con promotores.

Una noche fuimos a bailar al Nefertiti, con Patricio y la cantante *country*. Lo recuerdo mejor que mi debut en primera división. En el centro de la pista apareció un sarcófago y de ahí salió una mujer espectacular, completamente desnuda. Se acercó a Patricio, que bebía Coca de dieta, y lo sacó a bailar. Vi el jeroglífico que la mujer tenía tatuado en la espalda, como si pudiera descifrarlo, hasta que estalló la bomba.

Cuando abrí los ojos, muchas horas después, encontré una pulsera en forma de viborita. La había llevado la mujer que bailó con Patricio. Sentí un olor químico. Cerca de mí había una botella de agua. Bebí con desesperación, como al final de un juego. Traté de moverme, pero el dolor me atravesó la pierna derecha. Entonces oí un silbido.

Por los periódicos supe que fui rescatado dos días después del estallido. Estuve una semana en el hospital. Nati no me visitó. Una de sus amigas me dijo que había encontrado trabajo en Las Vegas.

Tal vez el objetivo de la bomba era Patricio, el *crack* que buscaba lucirse y era tentado por otros equipos. ¿Los trillizos necesitaban un mártir o alguien quiso joderlos a ellos? Lo único cierto es que Patricio salió de la explosión sin un rasguño. Mientras yo me rehabilitaba haciendo rodar una botella bajo mi planta, él empezó a deslumbrar con Toltecas.

Los Tucanes fueron vendidos y mi carta se subastó en poco dinero. Cuando me compró el equipo donde comencé, la prensa escribió: "Un fichaje sentimental". En el vestidor nadie supo que estaba ahí por sentimientos. Ésa era la estrella de la que hablaba mi galleta de la suerte.

Fue entonces cuando Lupillo dijo que los fantasmas se aparecen y los muertos sólo regresan. Había ido a Mexicali para llegar al final, pero como decía un locutor: "Esto no se acaba hasta que se acaba". ¿Cuándo se acaba lo que no tiene meta?

Extrañé la cascada que no terminaba de caer. Extrañé que los directivos estuvieran locos y me pagaran lo mismo que a un tigre. Extrañé el desierto en el que no importaba que no hubiera nadie. Extrañé las manos de Nati cuando doblaban algo con mucha precisión y luego tocaban mi carne calcificada y las sentía agradables y frías. Lo mejor de Nati es que nunca supe por qué estuvo conmigo. La razón podía ser horrenda, pero no me la dijo.

Tardé en recuperar el ritmo. Iba a un consultorio frente a la puerta 6 del estadio Estrella. Me aficioné a los masajes eléctricos y luego me aficioné a Marta, una morenita que me tocaba con sus yemas más de la cuenta y me rasguñaba apenas con sus uñas largas. La primera vez que hice el amor con ella me confesó que estaba enamorada de Patricio. Eso había dejado de ser novedad. Tarde o temprano, todas preguntaban: "¿En verdad te salvó la vida?"

Sí, Patricio me había salvado. Me buscó con los bomberos en las ruinas del Nefertiti mientras en el DF ya me hacían una misa de difuntos. Seguía siendo argentino, pero hasta mi loro lo extrañaba.

Por esos días se habló mucho de los trillizos. Los mataron con dinamita. Sólo distinguieron a uno por el tatuaje del Che. Pero los otros dos también estaban ahí. Lo supieron porque contaron los dientes en los escombros. Murieron junto a una bodega de juguetes chinos de contrabando.

Me acordé del día en que me visitaron con la caja de cerveza. "Subimos como la espuma", me habían dicho una vez. Eran más jóvenes que yo. Se habían hinchado los cuerpos como si supieran que no iban a vivir mucho tiempo. Los tres, como si tuvieran el pacto de inflarse.

Contra todos los pronósticos Estrella Azul llegó a la final contra Toltecas. Patricio llamó para desearme suerte. Luego dijo, como si no viniera a cuento:

—La directiva necesita hacer fichajes. Le pusieron precio a mi carta.

Cada tres o cuatro años, Toltecas renueva su plantel. Ningún equipo gana tanto en comisiones. La gente como los trillizos estalla, a nosotros nos transfieren.

El partido de ida terminó en un sucio 0-0. Patricio fue pateado con furia. El árbitro resultó ser el veterinario de mi loro. Odiaba a los argentinos. No pitó las faltas que recibió mi amigo. Hasta yo le di patadas de más.

No sé cómo se haya visto el partido de vuelta desde fuera. Nunca lo vi en televisión. Para mí el futbol se acababa esa tarde, pero moverme era un dolor interminable. Íbamos 0-0 en el minuto 88. Se podía respirar la decepción de una final que se va a pénaltis. Patricio había jugado como una sombra. Lo pateamos demasiado en el primer juego.

De pronto me barrí por el balón y me quedé con él. Fue como si todo girara y el sol me golpeara por dentro. Sentí un silencio atronador, como cuando desperté medio muerto en el Nefertiti. Levanté la vista, no hacia el campo, sino hacia el cielo. Luego vi el pasto alrededor, como una isla, la última isla. Fue como si rompiera una galleta de la suerte. Todo se detuvo: el agua de la cascada eléctrica, el sudor en las mejillas de los trillizos, las manos de Nati en mi espalda, los doce equipos donde me patearon, la camiseta de la selección que nunca me puse, la aguja que buscaba mis nervios, y ya no vi nada más, o sólo vi el desierto, el lugar donde podía hacer una jugada al revés.

Oí un silbido. Patricio estaba descolgado en punta, vi su camiseta, enemiga para ambos. Le pasé el balón.

Quedó solo ante el portero pero no se contentó con anotar: hizo un sombrerito de embrujo y acarició la pelota rumbo al ángulo. Admiré esa jugada que nunca fui capaz de hacer y era tan mía como los abucheos y los insultos y los vasos de cerveza que me arrojaban y señalaban algo al fin distinto.

Salí del campo, y comenzó mi vida.

LOS CULPABLES

Las tijeras estaban sobre la mesa. Tenían un tamaño desmedido. Mi padre las había usado para rebanar pollos. Desde que él murió, Jorge las lleva a todas partes. Tal vez sea normal que un psicópata duerma con su pistola bajo la almohada. Mi hermano no es un psicópata. Tampoco es normal.

Lo encontré en la habitación, encorvado, luchando para sacarse la camiseta. Estábamos a 42 grados. Jorge llevaba una camiseta de tejido burdo, ideal para adherirse como una segunda piel.

—¡Ábrela! —gritó con la cabeza envuelta por la tela. Su mano señaló un punto inexacto que no me costó trabajo adivinar.

Fui por las tijeras y corté la camiseta. Vi el tatuaje en su espalda. Me molestó que las tijeras sirvieran de algo; Jorge volvía útiles las cosas sin sentido; para él, eso significaba tener talento.

Me abrazó como si untarme su sudor fuera un bautizo. Luego me vio con sus ojos hundidos por la droga, el sufrimiento, demasiados videos. Le sobraba energía, algo inconveniente para una tarde de verano en las afueras de Sacramento. En su visita anterior, Jorge pateó el ventilador y le rompió un aspa; ahora, el aparato apenas arrojaba aire y hacía un ruido de sonaja. Ninguno de los seis hermanos pensó en cambiarlo. La granja estaba en venta. Aún olía a aves; las alambradas conservaban plumas blancas.

Yo había propuesto otro lugar para reunirnos pero él necesitaba algo que llamó "correspondencias". Ahí vivimos apiñados, leímos la Biblia a la hora de comer, subimos al techo a ver lluvias de estrellas, fuimos azotados con el rastrillo que servía para barrer el excremento de los pollos, soñamos en huir y regresar para incendiar la casa.

—Acompáñame —Jorge salió al porche. Había llegado en una camioneta Windstar, muy lujosa para él.

Sacó dos maletines de la camioneta. Estaba tan flaco que parecía sostener tanques de buceo en la absurda inmensidad del desierto. Eran máquinas de escribir.

Las colocó en las cabeceras del comedor y me asignó la que se atascaba en la eñe. Durante semanas íbamos a estar frente a frente. Jorge se creía guionista. Tenía un contacto en Tucson, que no es precisamente la meca del cine, interesado en una "historia en bruto" que en apariencia nosotros podíamos contar. La prueba de su interés eran la camioneta Windstar y dos mil dólares de anticipo. Confiaba en el cine mexicano como en un intangible guacamole; había demasiado odio y demasiada pasión en la región para no aprovecharlos en la pantalla. En Arizona, los granjeros disparaban a los migrantes extraviados en sus territorios ("un safari caliente", había dicho el hombre al que Jorge citaba como a un evangelista); luego, el improbable productor había preparado un coctel margarita color rojo. Lo "mexicano" se imponía entre un reguero de cadáveres.

La mayor extravagancia de aquel gringo era confiar en mi hermano. Jorge se preparó como cineasta paseando drogadictos norteamericanos por las costas de Oaxaca. Ellos le hablaron de películas que nunca vimos en Sacramento. Cuando se mudó a Torreón, visitó a diario un negocio de videos donde había aire acondicionado. Lo contrataron para normalizar su presencia y porque podía recomendar películas que no conocía.

Regresaba a Sacramento con ojos raros. Seguramente, esto tenía que ver con Lucía. Ella se aburría tanto en este terregal que le dio una oportunidad a Jorge. Aun entonces, cuando conservaba un peso aceptable e intacta su dentadura, mi hermano parecía un chiflado cósmico, como esos tipos que han entrado en contacto con un ovni. Tal vez tenía el pedigrí de haberse ido, el caso es que ella lo dejó entrar a la casa que habitaba atrás de la gasolinera. Costaba trabajo creer que alguien con el cuerpo y los ojos de obsidiana de Lucía no encontrara un candidato mejor entre los traileros que se detenían a cargar diesel. Jorge se dio el lujo de abandonarla.

No quería atarse a Sacramento pero lo llevaba en la piel: se había tatuado en la espalda una lluvia de estrellas, las "lágrimas de San Fortino" que caen el 12 de agosto. Fue el gran espectáculo que vimos en la infancia. Además, su segundo nombre es Fortino.

Mi hermano estaba hecho para irse pero también para volver. Preparó su regreso por teléfono: nuestras vidas rotas se parecían a las de otros cineastas, los artistas latinos la estaban haciendo en grande, el hombre de Tucson confiaba en el talento fresco. Curiosamente, la "historia en bruto" era mía. Por eso tenía frente a mí una máquina de escribir.

También yo salí de Sacramento. Durante años conduje tráilers a ambos lados de la frontera. En los cambiantes paisajes de esa época mi única constancia fue la cerveza Tecate. Ingresé en Alcóholicos Anónimos después de volcarme en Los Vidrios con un cargamento de fertilizantes. Estuve inconsciente en la carretera durante horas, respirando polvo químico para mejorar tomates. Quizá esto explica que después aceptara un trabajo donde el sufrimiento me pareció agradable. Durante cuatro años repartí bolsas con suero para los indocumentados que se extravían en el desierto. Recorrí las rutas de Agua Prieta a Douglas, de Sonoyta a Lukeville, de Nogales a Nogales (rentaba un cuarto en cada uno de los Nogales, como si viviera en una ciudad y en su reflejo). Conocí *polleros*, agentes de la *migra*, miembros del programa Paisano. Nunca vi a la gente que recogía las bolsas con suero. Los únicos indocumentados que encontré estaban detenidos. Temblaban bajo una frazada. Parecían marcianos. Tal vez sólo los coyotes bebían el suero. A la suma de cadáveres hallados en el desierto le dicen *The Body Count*. Fue el título que Jorge escogió para la película.

La soledad te vuelve charlatán. Después de manejar diez horas sin compañía escupes palabras. "Ser ex alcóholico es tirar rollos", eso me dijo alguien en AA. Una noche, a la hora de las tarifas de descuento, llamé a mi hermano. Le conté algo que no sabía cómo acomodar. Iba por una carretera de terracería cuando los faros alumbraron dos siluetas amarillentas. Migrantes. Éstos no parecían marcianos; parecían zombies. Frené y alzaron los brazos, como si fuera a detenerlos. Cuando vieron que iba desarmado, gritaron que los salvara por la Virgen y el amor de Dios. "Están locos", pensé. Echaban espuma por la boca, se aferraban a mi camisa, olían a cartón podrido. "Ya están muertos". Esta idea me pareció lógica. Uno de ellos imploró que lo llevara "donde *juesé*". El otro pidió agua. Yo no traía cantimplora. Me dio miedo o asco o quién sabe qué viajar con los migrantes deshidratados y locos. Pero no podía dejarlos ahí. Les dije que los llevaría atrás. Ellos entendieron que en el asiento trasero. Tuve que usar muchas palabras para explicarles que me refería a la cajuela, el maletero, su lugar de viaje.

Quería llegar a Phoenix al amanecer. Cuando las plantas espinosas rasguñaron el cielo amarillo, me detuve a orinar. No oí ruidos en la parte trasera. Pensé que los otros se habían asfixiado o muerto de sed o hambre, pero no hice nada. Volví al coche.

Llegamos a las afueras de Phoenix. Detuve el coche y me persigné. Cuando abrí el cofre trasero, vi los cuerpos quietos y las ropas teñidas de rojo. Luego oí una carcajada. Sólo al ver las camisas salpicadas de semillas recordé que llevaba tres sandías. Los migrantes las habían devorado en forma inaudita, con todo y cáscara. Se despidieron con una felicidad alucinada que me produjo el mismo malestar que la posibilidad de matarlos mientras trataba de salvarlos.

Fue esto lo que le conté a Jorge. A los dos días llamó para decirme que teníamos una "historia en bruto". No servía para una película, pero sí para ilusionar a un productor.

Mi hermano confiaba en mi conocimiento de los cruces ilegales y en los cursos de redacción por correspondencia que tomé antes de irme de trailero, cuando soñaba en ser corresponsal de guerra sólo porque eso garantizaba ir lejos.

Durante seis semanas sudamos uno frente al otro. Desde su cabecera, Jorge gritaba: "¡Los productores son pendejos, los directores son pendejos, los actores son pendejos"!

Escribíamos para un comando de pendejos. Era nuestra ventaja: sin que se dieran cuenta, los obligaríamos a transmitir una verdad incómoda. A esto Jorge le decía "el silbato de Chaplin". En una película, Chaplin se traga un silbato que sigue sonando en su estómago. Así sería nuestro guión, el silbato que tragarían los pendejos: sonaría dentro de ellos sin que pudieran evitarlo.

Pero yo no podía armar la historia, como si todas las palabras llevaran la eñe que se atascaba en mi teclado. Entonces Jorge habló como nuestro padre lo había hecho en esa mesa: nos faltaba sentirnos culpables. Éramos demasiado indiferentes. Teníamos que jodernos para merecer la historia.

Fuimos a unas peleas de perros y apostamos los dos mil dólares del anticipo. Escogimos un perro con una cicatriz en equis en el lomo. Parecía tuerto. Luego supimos que la furia le hacía guiñar un ojo. Ganamos seis mil dólares. La suerte nos consentía, pésima noticia para un guionista, según Jorge.

No sé si él tomó alguna droga o una pastilla, lo cierto es que no dormía. Se quedaba en una mecedora en el porche, viendo los huizaches del desierto y los gallineros abandonados, con las tijeras abiertas sobre el pecho. Al día siguiente, cuando yo revolvía el nescafé, me gritaba con ojos insomnes: "¡Sin culpa no hay historia!" El problema, *mi* problema, es que yo ya era culpable. Jorge nunca me preguntó qué estaba haciendo en la carretera de terracería a bordo de un Spirit que no era mío, y yo no deseaba mencionarlo.

Cuando mi hermano abandonó a Lucía, ella se fue con el primer cliente que llegó a la gasolinera. Pasó de un sitio a otro de la frontera, de un Jeff a un Bill y a un Kevin, hasta que hubo alguien llamado Gamaliel que pareció suficientemente estable (casado con otra, pero dispuesto a mantenerla). No era un migrante sino un "gringo nuevo", hijo de *hippies* que buscaban nombres en las Biblias de los migrantes. La propia Lucía me puso al tanto. Hablaba de cuando en cuando y se aseguraba de tener mis datos, como si yo fuera algo que ojalá no tuviera que usar. Un seguro en la nada.

Una tarde llamó para pedir "un favorsote". Necesitaba enviar un paquete y yo conocía bien las carreteras. Curiosamente, me mandó a un lugar al que nunca había ido, cerca de Various Ranches. A partir de entonces me usó para despachar paquetes pequeños. Me dijo que contenían medicinas que aquí podían comprarse sin receta y valían mucho al otro lado, pero sonrió de modo extraño al decirlo, como si "medicinas" fuera un código para droga o dinero. Nunca abrí un sobre. Fue mi lealtad hacia Lucía. Mi lealtad hacia Jorge fue no pensar demasiado en los pechos bajo la blusa, las manos delgadas, sin anillos, los ojos que aguardaban un remedio.

Cuando decidimos vender la granja, los seis hermanos nos reunimos por primera vez en mucho tiempo. Discutimos de precios y tonterías prácticas. Fue entonces cuando Jorge pateó el ventilador. Nos maldijo entre frases sacadas de la Biblia, habló de lobos y corderos, la mesa donde se ponía un lugar al enemigo. Luego encendió el ventilador y oyó el ruido de sonaja. Sonrió, como si eso fuera divertido. El hermano que me ayudaba a bajarme los pantalones después de los azotes para sentir la fría delicia del río se creía ahora un cineasta con méritos suficientes para patear ventiladores. Lo detesté, como nunca lo había hecho.

La siguiente vez que Lucía me llamó para recoger un envío no salí de su casa hasta el día siguiente. Le dije que mi coche estaba fallando. Me prestó el Spirit que le había regalado Gamaliel. Yo quería seguir tocando algo de Lucía, aunque el coche viniera de otro hombre. Pensé en esto en la carretera y quise aportarle un toque personal al Spirit. Por eso me detuve a comprar sandías.

No volví a ver a Lucía. Devolví el coche cuando ella no estaba en casa y arrojé las llaves al buzón. Sentí un sabor acre en la boca, ganas de romper algo. En la noche llamé a Jorge. Le conté de los zombis y las sandías.

Al cabo de seis semanas, marcas azules circundaban los ojos de mi hermano. Cortó en cuadritos los dólares que ganamos en las peleas de perros pero tampoco así nos llegó la culpa creativa. No sé si sacó esa idea de los castigos en la granja, a manos de un padre de fanática religiosidad, o si las drogas en la costa de Oaxaca le expandieron la mente de ese modo, un campo donde se cosecha con remordimientos.

—Asalta un banco —le dije.

—El crimen no cuenta. Necesitamos una culpa superable.

Estuve a punto de decir que me había acostado con Lucía, pero las tijeras para pollos estaban demasiado cerca.

Horas más tarde, Jorge fumaba un cigarro torcido. Olía a mariguana, pero no lo suficiente para mitigar la peste de las aves de corral. Vio la mancha de salitre donde había estado la imagen de la Virgen. Luego me contó que seguía en contacto con Lucía. Ella tenía un negocio modesto. Medicinas de contrabando. Era ilícito pero nadie se condena por repartir medicinas. Me preguntó si yo tenía algo que decirle. Por primera vez pensé que el guión era un montaje para obligarme a confesar. Salí al porche, sin decir palabra, y vi la Windstar. ¿Era posible que el "productor" fuese Gamaliel y los dólares y la camioneta vinieran de él? ¿Jorge era su mensajero? ¿Traía a la casa los celos de otra persona? ¿Podía haberse degradado con tanto cálculo?

Regresé a mi silla y escribí sin parar, la noche entera. Exageré mis encuentros eróticos con Lucía. En esa confesión indirecta, el descaro podía encubrirme. Mi personaje asumió los defectos de un perfecto hijo de puta. A Jorge le hubiera parecido creíble y repugnante que yo actuara como el hombre débil que era, pero no podía atribuirme esa magnífica vileza. Al día siguiente, *The Body Count* estaba listo. Sin eñes, pero listo.

—Siempre puedes confiar en un ex alcóholico para satisfacer un vicio —me dijo. No supe si se refería a su vicio de convertir la culpa en cine o de saciar celos ajenos.

Jorge le hizo cortes al guión con las tijeras para pollos. El más significativo fue mi nombre. Él ganó dinero con *The Body Count*, pero fue un éxito insulso. Nadie oyó el silbato de Chaplin.

En lo que a mí toca, algo me retuvo ante la máquina de escribir, tal vez una frase de mi hermano en su última noche en la granja:

—La cicatriz está en el otro tobillo.

Me había acostado con Lucía pero no recordaba el sitio de su cicatriz. Mi refugio era imaginar las cosas. ¿Era ése el vicio al que se refería Jorge? Seguiría escribiendo. Esa noche me limité a decir:

—Perdón, perdóname.

No sé si lloré. Mi cara estaba mojada por el sudor o por lágrimas que no sentí. Me dolían los ojos. La noche se abría ante nosotros, como cuando éramos niños y subíamos al techo a pedir deseos. Una luz rayó el cielo.

—12 de agosto —dijo Jorge.

Pasamos el resto de la noche viendo estrellas fugaces, como cuerpos perdidos en el desierto.

EL CREPÚSCULO MAYA

La culpa fue de la iguana. Nos detuvimos en el desierto ante uno de esos hombres que se pasan la vida en cuclillas, con tres iguanas tomadas del rabo. El Tomate revisó la mercancía como si supiera algo de animales verdes.

El vendedor, con un rostro acuchillado por el sol y la sequía, informó que la sangre de la iguana repone la energía sexual. No nos dijo cómo alimentar al animal porque pensó que nos lo comeríamos de inmediato.

El Tomate trabaja para una revista de viajes. Vive en un edificio horrendo que da al Viaducto. Desde ahí describe las playas de Polinesia.

En forma excepcional esta vez sí recorría los sitios de los que iba a escribir: Oaxaca y Yucatán. Cuatro años antes habíamos hecho la ruta en sentido inverso, Yucatán-Oaxaca. Entonces éramos tan inseparables que si alguien me veía sin él preguntaba: "¿Dónde está el Tomate?".

Culminamos el viaje anterior en Monte Albán, durante un eclipse de sol. Las piedras doradas perdieron su resplandor y el valle se cubrió de una luz tenue, que no correspondía a hora alguna. Los pájaros cantaron con desconcierto y los turistas se tomaron de la mano. Yo sentí un arrepentimiento muy raro y le confesé al Tomate que lo había tirado al cenote de Chichén Itzá.

Eso había ocurrido unos días antes. Al ver el agua sagrada, mi amigo habló maravillas de los sacrificios humanos: los mayas, supersticiosos de lo pequeño, echaban al agua sagrada a sus enanos, sus juguetes, sus joyas, sus niños favoritos. Me acerqué a un grupo de sordomudos. Una mujer traducía los informes del guía al lenguaje de las manos: "El que bebe agua del cenote, regresa a Chichén Itzá". Estábamos al borde de un talud y el Tomate se inclinaba. Algo me hizo empujarlo. El resto del viaje fue un calvario porque le dio salmonelosis. En Monte Albán, bajo la luz incierta del eclipse, me sentí mal y le pedí perdón. Entonces él aprovechó para preguntarme: "¿De verás no recuerdas que te colé al concierto de Silvio Rodríguez?" Muy al principio de nuestra amistad, en los tempranos años setenta, el Tomate había sido sonidista del grupo folclórico Aztlán. En su momento de gloria, intervino en un festival de la nueva trova cubana. Sinceramente, yo no recordaba deberle esa entrada, pero él me decía con sonrisa mustia: "Yo sí me acuerdo". Su sonrisa me irritaba porque era la misma con que me confesó que se había acostado con Sonia, la refugiada chilena a la que cortejé sin la menor posibilidad de quitarle la ruana.

La reconciliación en Monte Albán sirvió para que dejáramos de vernos. Habíamos cruzado una línea invisible.

Durante dos años apenas nos frecuentamos. Ni siquiera le hablé cuando encontré el LP del grupo Aztlán que me prestó hace treinta años. De vez en cuando, en la peluquería o el consultorio del dentista, encontraba un ejemplar de la revista donde él escribía de las islas que jamás conocería.

El Tomate reanudó el trato cuando gané los Juegos Florales de Texcoco con un poema que me parecía pre-rrafaelita, muy influido por Dante Gabriel Rossetti. El premio se entregaba en el marco de la Feria del Pulque. Mi amigo habló a eso de las siete de la mañana el día en que se publicó la noticia: "Quiero *cortarle a la epopeya un gajo*", exclamó en tono jubiloso. Eso significaba que quería acompañarme a la entrega, quizá en cobro por haberme colado al impreciso concierto de Silvio Rodríguez. No contesté. Lo que dijo a continuación terminó de agraviarme: "López Velarde. ¿No reconociste la cita, poeta?".

Le dije que le hablaría para ponernos de acuerdo, pero no lo hice. Lo imaginé en Texcoco con demasiada precisión: las canas despuntaban en la parte inferior de su bigote, bebía un pulque de olor agrio y opinaba que mis poemas eran pésimos.

Su llamada más reciente tuvo que ver con el Chevy. Llené un formulario en Superama y gané un coche. Aparecí en el periódico, con cara de felicidad primaria, recibiendo unas llaves que parecían maquilladas para la ocasión (el llavero despedía un lujoso destello). El Tomate me pidió que lo llevara a Oaxaca y Yucatán. Tenía que hacer un reportaje. Estaba harto de simular la vida en hoteles de cinco estrellas y escribir de guisos que jamás probaba. Quería sumirse en la realidad. "Como antes", agregó, inventándonos un pasado común de antropólogos o corresponsales de guerra.

Luego dijo: "Karla vendrá con nosotros". Le pregunté quién era y fue suficientemente misterioso. Aún no me reponía de haber salido en el periódico con las llaves del coche y estaba dispuesto a hacer cosas que me molestaran. Por otra parte, me había ocurrido algo de lo que necesitaba alejarme.

Ha pasado bastante tiempo y aún no puedo hablar del tema sin vergüenza. Me acosté con Gloria López, que está casada, y ocurrió un accidente del que ninguno de los dos tenía antecedentes. Un hecho improbable, como la combustión interna que puede hacer que un cuerpo o el negativo de una película se enciendan hasta calcinarse: mi preservativo se esfumó en su vagina. "Una abducción", dijo ella, más intrigada que preocupada. Gloria cree en extraterrestres. Yo le interesaba para un revolcón ocasional, pero le interesó sobremanera establecer un contacto del "tercer tipo" del que yo había sido mero intermediario.

¿Cómo puede desaparecer un hule indestructible? Ella estaba convencida del sesgo alienígena de la cuestión. ¿Podía quedar embarazada o el condón estaba encapsulado? Este último verbo me recordó su película favorita: *Viaje fantástico*, con Rachel Welch. Gloria era demasiado joven para haberla visto cuando se estrenó. Un ex novio que se dedicaba a la piratería de videos la puso en contacto con esa fantasía que parecía concebida para ella: la tripulación de una nave es reducida a tamaño microscópico e inyectada en un cuerpo para realizar una compleja operación médica. El organismo como variante del cosmos sólo podía excitar a alguien que vivía para ser raptada a otras dimensiones. "¿Cómo se sentirán los internautas dentro de ti?", preguntaba con la seriedad de quien considera que eso es posible: "¿Puede haber algo más cachondo que tener internautas en las venas?" Los productores de la película habían pensado lo mismo al escoger a Rachel Welch y asignarle un entalladísimo traje blanco. El despropósito sexual de que un diminuto cuerpo turgente avance por tu sangre sedujo a Gloria, que ahora se sentía tripulada por el condón que se le había quedado dentro. De poco sirvió que yo recordara que la tripulación original abandonaba el cuerpo por un lagrimal, una metáfora de que las aventuras de seducción intravenosa terminan en llanto. A todo esto se agregaba la posibilidad de que el marido de Gloria descubriera ese insólito inquilino *by the way of all flesh* (citar a Samuel Butler no rebaja lo grotesco del tema, lo sé, pero al menos se trata de una lectura a la que nunca llegará el Tomate).

Aunque nada alivia tanto como saber que a alguien le pasó lo mismo y conoce remedios caseros al respecto, me dio vergüenza hablar del tema. Atravesaba la zozobra de tener que enfrentar un embarazo o a un marido colérico, y de que mi cómplice estuviera distraída con magnetismos extraterrestres, cuando el Tomate sugirió que fuéramos de viaje. Acepté en el acto.

Karla decidió viajar en el asiento trasero porque había leído *El sistema de los objetos* de Baudrillard y esa parte del coche la hacía sentir "deliciosamente dependiente". En todo lo demás era una furia independentista. No aceptaba nuestros horarios ni creía que la autopista tuviera los kilómetros que indicaba el mapa.

Por suerte dormitó buena parte del trayecto. En uno de esos remansos compramos la iguana.

Cuando Karla despertó, cerca de Pinotepa Nacional, vio la iguana y perdimos puntos en su valoración.

Había hombres King-Kong, obsesionados por las rubias, y hombres Godzilla, obsesionados por los monstruos. El primer complejo era racial, el segundo fálico. Habíamos comprado un dinosaurio a nuestra escala. Durante cien kilómetros, trató de explicarle lo que era auténtico y lo que no.

Karla tenía una curiosa forma de rascarse la barriga, muy despacio, como si no adormeciera el vientre sino su mano. Levantó su camiseta lo suficiente para descubrir un tatuaje como un ombligo superior, en forma de yin-yang.

Ya en Oaxaca, la iguana sacó su lengua, redondeada como un cacahuate. Karla sugirió que le diéramos de comer y el Tomate pudo decir el hermético refrán: "Ahora vamos a saber de qué lado masca la iguana". Todos habíamos oído antes la frase, sin tratar de entenderla.

En una tienda de peces tropicales compramos moscos secos. Dejamos a la iguana en el coche, con una provisión de insectos que se comió o se perdió en el suelo.

Hacia las dos de la tarde, el Tomate escogió un restorán del que había escrito epopeyas sin conocerlo. Costó mucho que Karla aceptara una mesa. Todas se oponían a algún designio del *feng-shui*. Comimos en el patio, junto a un pozo que nos daba energía. Karla se dedicaba a la "decoración mística". Así lo acreditaba su tarjeta de visita, de cuando vivía en Cancún. Acababa de mudarse al D. F. y mi amigo le había dado asilo. Era hija de una conocida del Tomate, que se embarazó a los 16 años. Desde que mi amigo me saludó formando una pistola con el índice y el pulgar, supe que el viaje era un pretexto para ligársela.

La moral del Tomate viaja en zig-zag: le parecía un abuso acostarse con su huésped en México pero no con su invitada a Oaxaca y Yucatán.

No quise comer mole amarillo y el Tomate me acusó de odiar lo auténtico. Es posible que odie lo auténtico, en todo caso odio la comida amarilla. Cuando él fue al baño, Karla me dedicó un interés hiperobjetivo: "¿Y cómo estás ahora?", preguntó. Supuse que el Tomate le había hablado de un "antes" tremendo. Ella hizo una pausa y agregó, en tono cómplice: "Entiendo lo de la iguana".

Las emociones son confusas: me gustó que me viera como un mueble reubicable. Acepté que la había pasado mal, pero ya iba mejor. Hablé hacia las migajas en su plato. Luego alcé la vista a sus ojos castaños. Ella arruinó su sonrisa al decir: "Él se preocupa mucho por ti". Por supuesto, se refería al Tomate. Me molestó que se convirtiera en pronombre y aprovechara mis declives para hacerse el amigo solidario. ¿Qué le había dicho a Karla? ¿Que me interné voluntariamente en el psiquiátrico San Rafael mientras él bailaba cuecas revolucionarias con Sonia? Eso era cierto. Además, en busca de exaltación prerrafaelita, me sometí a un ayuno que me condujo a la semidemencia. Pero el Tomate había inventado otras rarezas. Karla me habló como el yaqui Don Juan a Carlos Castaneda: "Cada quien tiene su animal interior", tocó mi mano con comprensiva suavidad.

En Oaxaca había un festival de música clásica y sólo encontramos un cuarto para los tres en una posada de las afueras, cerca del Árbol del Tule. Vimos el tronco centenario en cuyos nudos Italo Calvino descubrió un intrincado alfabeto y donde un guía encontraba otras representaciones: "Ahí se ven las *pompis* de Olga Breeskin", señaló algo que, en efecto, parecían las exageradas nalgas de una *vedette*.

La iguana pasó por varias etapas. En su fase Oaxaca, sólo pensaba en huir de nosotros. En el cuarto había dos camas, la matrimonial que nos asignó Sonia y la de ella. El armario era un sólido armatoste de tiempos de la Revolución; no había *feng-shui* que lo moviera. Ahí durmió la iguana, o mejor dicho, ahí quisimos que durmiera. En la madrugada escuché un rascar de uñas. Fui al armario. La iguana había desaparecido. Algo me hizo saber que no estaba en el cuarto. La puerta no cerraba con llave sino con una soga. Seguramente el cuarto tenía huecos por todas partes. Sé que no hay lógica en el razonamiento, pero una puerta atada con una soga sugiere muchos defectos. Salí al pasillo que desembocaba en el único baño del hotel. Encontré a la iguana en el excusado. ¿Había ido a beber agua? Según el Tomate, las iguanas se hidratan con frutos que no habíamos encontrado pero existían. La iguana se escurrió entre mis piernas. La perseguí con el impulso que da el insomnio, olvidando que no tenía el menor interés en capturarla. La encontré en el vestíbulo, junto a una reproducción de una escultura de Mitla, un anciano en posición funeraria. Tal vez aquel sacerdote en cuclillas le recordó a su antiguo propietario, el caso es que se quedó quieta y pude atraparla. Me mordió hasta hacerme sangre. Le apreté el hocico como si exprimiera una toalla. Regresé al cuarto con mi presa. Le había dado una oportunidad al Tomate de saltar a la cama de Karla, pero cuando abrí la puerta todo seguía tan tranquilo y tan poco *feng-shui* como cuando salí.

El mordisco amaneció en mi mano de modo carismático; parecía haberme herido con púas de luz. Karla se asustó de un modo espléndido y me puso Pomada del Tigre.

Esa mañana le hablé a Gloria para ver si había noticias del "viajero fantástico": "Todavía no", contestó de mala manera. Estaba furiosa porque había perdido su pasaporte. Me culpó de no comprometerme en nada (Gloria no tenía el menor interés de que me comprometiera con ella por el condón perdido en su interior: quería que me comprometiera a encontrar su pasaporte).

En el viaje anterior nos habían advertido: "Los van a asaltar en el Istmo de Tehuantepec". En aquella ocasión viajamos en un camión Flecha Turquesa o Astro de la Mañana. Nos asaltaron a bordo del camión. Un hombre sometió al conductor con un machete mientras otro nos revisaba los bolsillos. Recuerdo sus ojos inyectados de sangre y su aliento a mezcal cuando dijo: "Es su día de suerte: nomás imaginen que se hubieran caído a una barranca".

Esta vez nos asaltaron sin que nos diéramos cuenta. Cargamos gasolina en la montaña. Era de noche, Karla y la iguana dormían en la parte trasera del auto. El Tomate veía el infinito en el asiento de adelante.

El encargado me preguntó si iba a Yucatán y me contó una leyenda. El jaguar tenía el cuerpo moteado por haber mordido el sol; cuando acabó con la luz en Oaxaca se fue a Yucatán, pero ahí no pudo seguir comiendo lumbre porque un príncipe maya luchó con él y se ahogaron juntos en el cenote sagrado; sus cuerpos viajaron por los ríos subterráneos que recorren la península hasta salir al mar. Por eso el Caribe tenía esas fosforescencias tan extrañas. Los mexicanos no sabíamos que las fosforescencias eran valiosas, pero de Japón llegaban barcos a robárselas. La historia duró lo suficiente para que sus ayudantes me quitaran los faros traseros. El Tomate no notó nada "porque pensaba en el tiempo".

Tomamos la carretera que descendía hacia el oriente. De vez en cuando un tráiler me rebasaba, tocando un claxon alarmante. Sólo conecté esto con la ausencia de faros cuando llegamos al hotel en Villahermosa y revisé el coche. "¿Qué clase de pendejo eres?", le pregunté al Tomate. Yo tampoco advertí el robo, pero al menos escuché la leyenda maya. ¿Para qué querían los japoneses las fosforescencias marinas?, ¿serían nutritivas? Pensé en lo sencillo que era engañar a una persona como yo. Por contraste, estimé un poco más al Tomate. Me vio con una tristeza desarmante: "¿Te digo una cosa?", preguntó.

No aguardó a mi respuesta para contarme que antes de salir del DF se había quemado las verrugas que tenía en el pecho. "Me sentía muy viejo con las verrugas". Se levantó la camisa para mostrarme sus quemaduras, como un desollado dios Xipe Totec. Obviamente se había quemado en beneficio de Karla.

La otra noticia fue que la iguana se esfumó en el istmo. Bajamos las maletas y las botellas de agua de Karla sin que apareciera por ningún lado.

En Villahermosa nos hospedamos en unos búngalos con terraza. De tanto en tanto, un camarero se acercaba a ofrecer una copa. Karla se acostó pronto porque estaba exhausta de dormir en las curvas de la carretera.

El Tomate y yo fumamos unos puros secos que le compramos a un vendedor de flores de papel y bebimos ron hasta la madrugada. Alcanzamos el letargo amistoso en el que se está bien sin decir nada. Oímos grillos, pájaros nocturnos y, muy al fondo, el agradable achicharrarse de los insectos en una lámpara electrificada. El Tomate estropeó la calma: "¿Por qué no vas por ella?".

Pensé que hablaba de la iguana, pero sus ojos se dirigían al búngalo de Karla. Se rascó el pecho desnudo. Me concentré en sus manchas rojizas. "Me pusieron nitrógeno líquido", explicó, como un mártir futurista. Él se había quemado para acceder a Karla y sus verrugas habían ardido en un rito sacrificial, pero ahora me pedía que la buscara. "Es obvio que le gustas: hace dos días que no cambia una silla de lugar", sus palabras salieron en tono amargo, como una última bocanada de mal tabaco.

Siempre me había deprimido imaginar a mi amigo en su departamento junto al tráfico del Viaducto, escribiendo de iglesias románicas y ruinas sicilianas. Ahora no había nada más triste que verlo en ese viaje dañinamente real.

"Ya sabemos de qué lado masca la iguana", agregó, con sonrisa resignada.

Al regresar al cuarto algo se alteró dentro de mí. La pobreza del escenario —el diminuto jabón Rosa Venus, el oxidado destapador de botellas, el cenicero con el nombre de otro hotel— me hizo saber que también yo la estaba pasando mal. Me molestó que el Tomate me incitara a acercarme a Karla. Recordé el tiempo en que llevaba de un lado a otro el equipo de sonido del grupo Aztlán: aprovechó su acceso privilegiado a esa música de flautas sopladas con indignación por la miseria para acostarse con Sonia. Ahora me ofrecía a otra mujer para compensar esa deslealtad. O tal vez jugaba cartas diferentes, tal vez quería sacarle un provecho casi desesperado al viaje, conquistar la posibilidad de quejarse de mí en el futuro. Si yo me quedaba con Karla, su chantaje posterior podría ser implacable, de una refinada crueldad, como el estado de ánimo de un dios maya.

En algo tenía razón: Karla había dejado de mover los muebles, y no sólo eso: en cada restorán tomaba las galletas Premium, les untaba mantequilla y me las daba sin preguntarme.

Me bañé con el hilo de agua que salía de la regadera. Fue el preludio de una pésima jornada. Visitamos las ruinas de Palenque. El guía quiso que viéramos la efigie de un "astronauta" en la cámara interior de una pirámide. Los "mandos" de la "nave" eran mazorcas de maíz.

"Nada es auténtico", masculló el Tomate. El día entero me vio como si yo acabara de salir del búngalo al que me había propuesto entrar.

Karla advirtió que algo estaba mal entre nosotros, y se distrajo canturreando una indescifrable melodía. Visitamos de prisa las ruinas de ladrillo de Comalcalco, comimos pejelagarto sin comentar su extraño sabor, y enfilamos hacia la meseta de los reyes mayas.

Avanzábamos por una región de arbustos secos, coronados de flores lilas, cuando un curioso tableteo salió del cofre delantero. Pensé que se había roto la banda o alguna de las muchas partes que desconozco en el motor.

Cuando abrí el cofre, Karla me abrazó y me besó: la iguana nos miraba con paciencia prehistórica; su cola azotaba las bujías como un metrónomo. El animal estaba caliente pero lo atrapé con las ansias que me atribuía Karla.

En Maní revisé el coche mientras los otros bebían horchatas. La iguana había hecho un hueco en el respaldo del asiento trasero. Por ahí salió al chasis y entró al motor. El animal representaba mi karma, mi aura o mi ser en sí. También estaba agujereando mi coche.

Visitamos el templo de San Miguel de Maní, donde Fray Diego de Landa ordenó que se quemaran los códices mayas. La cosmogonía de un pueblo había desaparecido en llamas ejemplares. Le hablé a Karla de las cosas que se van y las que se quedan. La iguana pertenecía a ese entorno, como los códices quemados: tenía que reintegrarse a esa realidad. Yo había dejado de necesitarla. Ella me concedió la mirada supersignificativa que amerita alguien que se hospitalizó por culpa o por complicidad de sus animales interiores. El Tomate me había convertido ante ella en un caso de interesante zoología fantástica. Vi el cielo de Yucatán, de un azul purísimo, y me sentí capaz de hablar de las pérdidas creativas. Después de quemar los códices, Fray Diego escribió la historia de los mayas. Yo haría una restitución semejante. La liberación de la iguana me permitiría romper mi sequía de escritor. Tenía en mente un ciclo de poemas, *El círculo verde*, en alusión a la iguana que se muerde la cola y a los mayas que inventaron el cero. "Sólo se posee lo que se pierde a voluntad", pensé, pero no lo dije porque era pedante y porque el Tomate me vio a la distancia y volvió a formar una pistola con el índice y el pulgar; esta vez el gesto quería decir que aprobaba mi proximidad con Karla.

Así llegamos a la fase Yucatán de la iguana. Si en Oaxaca quería huir, ahí quería estar con nosotros. La liberamos sin éxito frente a la iglesia de los Tres Reyes de Tizimín, entre las piedras pálidas del inmenso atrio de Izamal, bajo los laureles de la Plaza Grande de Mérida. Tampoco se sintió atraída por la verdura que circundaba el cenote de Dzibilchaltún. Volvía a nosotros, domesticada por nuestros sabrosos moscos, por el Chevy y sus huecos posibles. "Los animales odian lo auténtico", le dije al Tomate.

Esa tarde hablé con Gloria. "Al fin salió", me dijo, y sentí un alivio cósmico. Pero ella no estaba de buen humor: "Ahora quiero saber de dónde me va a salir mi pasaporte".. Supe que lo único que me unía a ella eran los problemas que podía causarle.

Cuando colgué, vi a Karla a lo lejos, parada en una piedra. Su silueta tenía una extraña inmovilidad. El cuerpo, ágil, tenso, no parecía en reposo; acumulaba energía para dar un salto.

71

Cerca de la zona arqueológica de Chichén Itzá encontramos un hotelito que formaba parte de un rancho de cebúes. Habíamos viajado la tarde entera, con el sol en contra. El Tomate tenía una jaqueca monumental. Se fue a domir temprano y Karla me dijo: "Se me ocurrió un nombre para la iguana".

Le puse el índice en los labios para que no dijera "Odisea", "Xóchitl" o "Tao". Ella me besó con suavidad. Esa noche acaricié hasta la madrugada su tatuaje del yin-yang.

Fui a mi cuarto cuando rayaba el alba. Vi árboles frágiles, de intrincadas frondas; un pájaro azul cantaba entre sus ramas. Los cebúes blancos pastaban en la tierra llana. Me sentí feliz y culpable. Al entrar en mi habitación ya sólo me sentía culpable. Había arrojado al Tomate al agua porque nunca soporté que Sonia lo prefiriera; él tuvo la decencia de perdonarme y yo le pagaba con monedas falsas. Para colmo, recordé que sí fue él quien me coló a aquel concierto de Silvio Rodríguez. El Tomate se sentía viejo, llevaba años sin una relación estable, escribía en un departamento ruidoso sobre hoteles de un lujo imposible y viajes que no hacía, se había quemado las verrugas como un azteca punitivo. Pensé en diversas maneras de acercarme a él. Todas fueron innecesarias: había deslizado una nota bajo la puerta: "Te entiendo. Yo hubiera hecho lo mismo. Nos vemos en el DF". Esa nota lo incluía misteriosamente entre nosotros, como si nos hubiera espiado la noche entera.

Visité Chichén Itzá en calidad de zombi. Karla me dijo que supo que yo la amaba desde que la miré tan raro cuando comimos buñuelos frente al convento de Santo Domingo, en Oaxaca. La verdad, entonces la vi raro porque la iguana insistía en morderme donde ya me había mordido.

Subimos los 91 escalones de la pirámide de Kukulcán sin que el calor y el ejercicio le impideran hablar. Contó que había salido de Cancún hostigada por sus pretendientes. Luego señaló a un gringo de camisa hawaiana que no había dejado de fotografiarla. Se sentía acosada por incumplidos deseos ajenos; sólo el Tomate, que estaba viejo y era todo un caballero, la trataba con amistad igualitaria.

Cuando nos acercamos al cenote me sentí aún peor: el Tomate había bebido esa agua pero la profecía de regresar se cumplía en mi persona. Acaso la inmersión indebida traía esas consecuencias.

Para ese momento yo odiaba a los guías arqueológicos. Eran como peces de las profundidades. Tenían párpados hinchados y hablaban de lo que ignoraban. Había tantos que resultaba imposible no oír lo que salía de sus cabezas llenas de agua oscura. En el Tzompantli, Lugar de los Cráneos, uno de ellos contó que los mayas llevaban iguanas en sus travesías. Las rebanaban vivas porque la carne se pudre muy rápido con el calor de Yucatán. En las escalas del *sacbé*, el camino blanco que une las ciudades sagradas, arrancaban un poco de carne y seguían adelante. Mientras el corazón de la iguana siguiera latiendo, podían comerla en trozos. Luego se comían el corazón. El guía sonrió con sus dientes de pez.

Sentí un hueco en el estómago. Karla se mordió una uña con esmero. Compré mangos verdes pero ella no quiso probarlos. Vimos las delicadas calaveras del Tzompantli, la escritura en piedra de esos edificios legibles en un idioma extraviado. Pensé en la iguana sangrante que alimentaba a los peregrinos mayas. Una sensación de pérdida, de horror difuso, se apoderó de mí. Nuestra iguana nos seguía, como una mascota insensata. Recordé lo mucho que le debía al

Tomate. A su manera, quiso hacerme un favor y desapareció al alba, como el Llanero Solitario. Karla miraba el cielo para no ver a la iguana. "Los guías mienten: son peces ciegos", le dije. Ella no me pidió que le explicara la frase. Debía pensar algo terrible; se sacudió, presa de un escalofrío. Tal vez la crueldad maya la impresionaba menos que el efecto de esa historia, la forma en que se cruzaba con nuestro viaje. El Tomate me había promovido ante ella como un conflicto atractivo que quizá no había alcanzado a comprobar o que empezaba a sobrarle. Apartó mi mano: "Tengo que pensar", dijo, como si las ideas le llegaran por el tacto.

Oscurecía cuando nos acercamos al cenote. La iguana se desvió al ver a cuatro o cinco ejemplares de su especie, en la tierra húmeda que rodeaba el ojo de agua. Ahí nos abandonó.

El Chevy aguardaba en el estacionamiento. Pensé en las cosas que se destruyen para que exista la poesía. Pensé en Yeats y el amor imposible y sacrificado de los celtas. Pensé en mi incapacidad de ser crepuscular.

Karla quiso subir al asiento trasero. Le pedí que se sentara junto a mí. Esta vez no aludió a *El sistema de los objetos*: "Es el asiento de la muerte", dijo. "No soy tu chofer", contesté con un filo cortante. Ella obedeció, asustada.

Nos estrellamos a tres curvas de Chichén Itzá. El freno no me respondió. El chicote del pedal estaba roído. Karla se rompió dos costillas que le perforaron el pulmón. El Chevy fue declarado "pérdida total". Yo salí sin otra herida que el mordisco que ya tenía en la mano.

A veces pienso que Karla dejó de hablarme porque salí ileso y le pareció que así le daba intencionalidad al accidente. Había dicho demasiadas veces: "No fue tu culpa". Todo estaba mal desde antes de subir al coche, o desde un momento anterior, ya irrecuperable. ¿Qué designio cumplíamos cuando mezclamos nuestros alientos y creímos buscarnos en dos cuerpos?

Traté en vano de escribir *El círculo verde*. Durante largas tardes lo único que hice fue dibujar un animal.

En cambio, el Tomate publicó su reportaje con estupendas fotos de Oaxaca y Yucatán. Al leerlo recordé la nuca de Karla, sus manos en las mías, la piel de su espalda, resplandeciendo en la luz que sólo existe en la península.

Esa noche la vi en sueños. Le pregunté el nombre de la iguana, pero no soñé su respuesta.

Orden suspendido

a Manuel Felguérez

A Rosalía le sobra de qué preocuparse. Prendió una vela por los rusos que estaban atrapados en un submarino (se comunicaban golpeando una puerta de metal con sus herramientas, les quedaba poco oxígeno y el mar se congelaba). Así es ella. Reza por rusos que no conoce y que no se salvarán.

Odio las manchas. Inhalé demasiado cemento en la preparatoria y una noche entendí que las manchas eran arañas metidas en mi piel. Quise sacarlas con un cuchillo. Mi padre me salvó pateándome la cara. También me rompió la quijada. Me cosieron con un alambre y pasé semanas comiendo sopa con un popote. Dejar el cemento no es fácil. Amaneces con las uñas llenas de cal de tanto arañar las paredes. "Sólo te alivias con el dolor", me dijo mi padre. Es cierto. Su patada me dio un rumbo nuevo. No volví a la prepa donde un maestro nos decía: "Estudien, muchachos, o van a acabar de periodistas". Yo quería hundirme como periodista. En vez de eso, ascendí en un andamio como limpiavidrios.

A la entrada del edificio, Jacinto amarga la vida con sus billetes de lotería. Se cayó de un andamio hace siglos. Ahora es un tullido que promete la fortuna. He visto ciegos, cojos, jorobados que venden lotería, como si se hubieran jodido para que tú ganaras. Ninguno de ellos compra billetes.

El edifico es *inteligente*. Las luces se encienden cuando entras a un pasillo; en el elevador, una voz dice los nombres de los pisos y las compañías. La voz es cachonda y fría. Una mujer soldado. "El edificio ve más señales que tú", se queja Rosalía. Me considera insensible: "Estás privado de a madres". Estoy privado para ver cosas que le interesan pero sé que la voz del elevador habla igual que una guerrera que vi en la televisión: los japoneses la oían, cerraban los ojos y les daba gusto morir.

—No ves señales —insiste ella.

—¿Señales de qué? —le pregunto.

—Señales de nada.

Rosalía huele a algo marino, espumoso. La sábana se alza sobre su nariz cuando está dormida. Llevo años juntando billetes de veinte pesos. Los meto en un Hombre Araña de plástico que gané en una rifa. Venía relleno de chocolate en polvo. A Rosalía, el muñeco le recuerda que una tarde tuve buena puntería. Yo pienso en los billetes azules que lleva adentro, un mar apretado, detenido.

No me gusta la ciudad desde el andamio pero me gusta que esté detrás de mí. Una masa que vibra. Cada andamio lleva dos operadores. Subo y bajo con el Chivo, que fuma todo el día. Fuma porque dentro del edificio no se puede fumar y porque los cigarros se llaman Alas.

El Chivo es veterano. El primer día me explicó lo que él llama "el método": no debes ver abajo ni a los lados; debes ver tu cara en el cristal; lo que limpias es eso: tu reflejo.

Es casi imposible traspasar el cristal con la mirada porque tiene una película reflejante. A veces me clavo y me clavo y miro algo. Así distinguí al pintor en la sala de juntas, en el piso 18. Estaba frente a una tela gigante, blanca. Lo vi poner la primera mancha. Odio las manchas, ya lo dije, pero me quedé viendo el color negro que empezaba a escurrir. Sentí algo raro. Sentí que esas manchas eran los pecados que yo llevaba dentro. Quise limpiarlas como quise sacarme las arañas de abajo de la piel. Luego el pintor usó otros colores. Todos de tierra pero muy distintos. ¿De cuántos colores es la tierra? Me calmé mirando una parte que parecía oxidada. Un lodo hecho con juguetes de metal podridos. Vi con tanta fuerza que sentí que me iba a salir un puntito de sangre como el que Rosalía tiene en lo blanco del ojo. Es un lunar. A veces dice que le salió solo, pero a veces dice que le saltó un trozo de carbón cuando era niña. Yo creo que vio algo que no me cuenta. Por eso mira las cosas como si tuvieran señales.

—Es abstracto —dijo el Chivo, como si viera mejor desde su parte del andamio—: ¿Sabes lo que es abstracto?

No le contesté. Sé que no veo señales. Lo abstracto es eso.

—¿No se te hace fregón que las manchas tengan nombre? Una mancha no se llama, pero juntas llevan un título —señaló el cuadro a través del cristal.

El Chivo no para de hablar, como si su lengua estuviera llena de espinas que no acabara de sacarse:

—Las manchas dicen algo más que manchas.

—¡No manches! —le dije.

Él siguió hablando. Necesita demasiadas palabras para la misma historia. Su padre lo metía a una alcantarilla cuando era niño y amarraba la tapa:

—¿Sabes cómo se ve el cielo desde una alcantarilla? —me pregunta y siempre le respondo que no sé—: Son tres rayas. Una reja —entonces sonríe y aunque le faltan dientes parece contento en el andamio. La alcantarilla lo hizo feliz afuera. Ése fue su verdadero método. La parte jodida de la historia es que ahora trabaja para mantener al "jefecito" que lo metía en la alcantarilla. No tiene mujer, ni hijos, ni perro que le menee la cola. Vive para el jefecito que traga dinero y medicinas, y pide prestado, a todas horas. Se me acerca como si oliera el dinero que guardo en el Hombre Araña, con la lengua de fuera. Un chingado perro del dinero. Lo puedes maltratar y decirle mil veces que no, y él saca la lengua.

A veces sueño con la niebla de los karatecas. Combaten en una parte fría de Japón. Yo soy su gurú. Se arrodillan delante de mí. A cada uno le doy a oler productos de limpieza distintos. Así decido quién se parte la madre de qué manera.

Desperté y vi una mancha de salitre en el techo. Tenía la forma de Alaska. ¿Por qué las manchas de salitre tienen formas? La que no se parece a Alaska se parece a Australia. Pensé que el pintor pintaba en contra de esas manchas. Quería hacer manchas-manchas, que no pudieran ser otra cosa. No manchas-araña ni manchas-geografía.

Al otro día, el viento soplaba tan fuerte que el andamio rechinaba. Nunca he visto que un pájaro vuele tan alto como nosotros. Flotan allá abajo. Parecen basuras negras empujadas por el viento.

En el piso 18 me asomé a ver el cuadro. El pintor movía sus manchas y luego, cuando se alejaba a verlas, ellas se movían otro poco, como si no estuvieran fijas o fueran a estallar. Había una parte café, polvosa, como el chocolate que saqué del Hombre Araña. Cerré los ojos y vi el mar. Rosalía se hundía despacito, entre una planta con hojas de gelatina.

Llegué casi dormido abajo. Ahí nos esperaba el jefe de intendencia. Tenía una noticia que le partía la cara de felicidad. Nos llevó al *lobby*. La gente vio nuestros cinturones con gran respeto. Había un ambiente de cosas que iban a pasar. En una pantalla se proyectaba un video. Un gringo llamado Melvin iba a escalar nuestro edificio. Se preparaba para escalar las torres de Kuala Lumpur. Nuestro edificio tenía la altura de la "rodilla" de Kuala Lumpur. Debía subirlo varias veces para estar listo. Le preguntaron por qué no subía montañas y contestó: "Los edificios son más vírgenes". Luego vimos las torres puntiagudas, doradas, como pagodas altísimas que chupaban luz: "Kuala Lumpur".

El jefe de intendencia nos avisó que pasaríamos una semana dentro del edificio para despejarle el terreno al alpinista. Me mandaron a limpiar la sala de juntas; al Chivo le tocó limpiar la planta baja.

El jefe conoce a Rosalía. Conseguí el trabajo porque es compadre de alguien del barrio que aprecia a Rosalía. A mí no me aprecia. "Con suerte se cae", así le avisó a ella que me daría trabajo.

Nos anunciaron que habría una fiesta para los empleados. La televisión llegaría a promover nuestro edificio. También Rosalía iba a participar. Trabaja en una pastelería y el velador la recomendó. Íbamos a partir un pastel en forma de las torres de Kuala Lumpur y otro en forma de nuestro edificio.

Rosalía había contado los días que los rusos llevaban en el submarino hasta que se asfixiaron en el fondo del mar. Se preocupa por cosas lejanas. Le preguntas cómo estás y nunca sabes si te responde por ella.

Esa semana Rosalía sólo pensaba en el alpinista, que podía morir por algo muy inútil. No hay olimpiadas de edificios. Melvin se arriesgaba porque sí. Luego todos se olvidarían de él como de los rusos del submarino.

Rosalía preparó un pastel inmenso. Íbamos a comer una rebanada sólo porque alguien se atrevería a estar colgado arriba de nosotros. Me gustaba verla tan acelerada, pensando en su pastel y en los momentos en que un desconocido se hunde sin remedio o sube muy alto sin explicaciones. Luego pensaba en nuestro viaje al mar. Una sorpresa es menos que una señal, pero al menos iba a darle una sorpresa.

Lo que más me gustó de trabajar dentro del edificio fue ver el edificio de enfrente. Hecho de cristal. Casi invisible. Sólo porque el sol sacaba brillos anaranjados sabías dónde acababa el vidrio y dónde empezaba el aire.

Quise encender un cigarro pero no me atreví. Al pintor sí lo dejan fumar. Pica el tabaco de un puro en una pipa. Le gusta convertir una cosa en otra. Sus manchas se habían convertido en bloques. Parecían un mapa. Un mapa sin geografía.

El pintor se acostumbró a que yo anduviera por ahí, limpiando lo que ya estaba limpio. Me dijo que algo fallaba en el cuadro: él quería desordenarlo pero se ordenaba como si fuera jalado por dentro. "Imanes", pensé. Los colores se juntaban siguiendo sus fuerzas. Vi un puntito rojo en un bote de pintura y pensé en el lunar de Rosalía. ¿Cómo miraría ella ese cuadro? Llevaba tantas imaginaciones dentro que de seguro encontraría algo más. Sentí un como vértigo y me acordé del "método" del Chivo. No hay que ver a los lados ni abajo sino enfrente: tu reflejo. En lo hondo, en el mundo del cuadro, todo vibraba como si pudiera irse muy abajo y los colores siguieran ahí porque luchaban contra algo, contra lo que se desplomaba.

"Señales". Me emocionó sentir lo que no sabía cómo decirle a Rosalía. Luego miré las paredes de cristal y vi al alpinista. Los vidrios empezaban a empañarse por fuera. Él se veía borroso. Llevaba ventosas para afianzarse al cristal.

El día de la fiesta comimos los pasteles de Rosalía: nuestro edificio llevaba un sombrero de charro y las torres de Kuala Lumpur unos gorritos raros que ella copió de una revista. La televisión habló de nosotros. El Chivo y yo subimos a la azotea y con una soga le alcanzamos una rebanada de pastel al alpinista Melvin.

Rosalía se quedó hasta después de la fiesta. El Chivo, que trapeaba la planta baja, tuvo tiempo de contarle tres veces su misma historia.

Esa noche Rosalía estuvo cariñosa conmigo de un modo triste, como si yo regresara de pescar tiburones y ella me quisiera mucho y no le importara que oliera mal y me faltara un brazo.

–¿Por qué no le diste? –preguntó cuando yo ya me dormía.

En la madrugada la oí llorar, o tal vez fue uno de los karatecas que gemía en mi sueño.

Dos días después el Chivo ganó la lotería. Jacinto le vendió un billete premiado. Le salieron lágrimas cuando avisó que metería a su jefecito en una clínica privada. Hay caras que se arruinan si les va bien. La del Chivo es así. No pude verlo más y salí a la calle.

Jacinto se acercó apenas me vio. Me habló del Chivo:

—Le dije que sus billetes traían suerte. Olían a chocolate.

Rosalía conocía el secreto, los billetes que yo guardaba. No quiso averiguar para qué me iban a servir. Se los dio al Chivo como si fuera uno de los rusos del submarino.

En la noche, cuando llegué a la casa, señalé al Hombre Araña. Ella se acercó y dobló el cuello, mostrándome una vena muy finita, como si fuera un animal pequeño y yo pudiera matarla de un mordisco.

—Me ganó su dolor —dijo después.

Yo había subido y bajado en el andamio oyendo una pregunta a diario: "¿Sabes cómo se ve el cielo desde una alcantarilla?" A ella le bastó oír la pregunta una vez para no poder con eso.

No me preguntó por qué escondía el dinero. Podía decirle que era para ir al mar, pero me quedé callado. Tal vez de todos modos ella hubiera preferido dárselo al Chivo.

Pasé la noche oyendo el ruido de los aviones en el cielo. Me pregunté qué pasaría si rociaba a Rosalía con un tambo de gasolina o si tiraba al Chivo del andamio. Cuando amaneció, yo acariciaba con cuidado un picahielos.

Encontré la planta baja llena de flores y veladoras.

—Se cayó —me dijo Jacinto.

No entendí.

—El pinche gringo.

Tres mujeres lloraban en el sitio donde había estado el pastel de Rosalía.

Vi una mancha en la banqueta, una mancha extendida, una mancha con muchos brazos y piernas, como si la sangre hubiera tenido prisa para escurrirse y llenar varios cuerpos.

Subí al piso 18. El pintor había terminado el cuadro.

—¿Puedo olerlo? —le pregunté.

Me dejó acercar la nariz. Olía al mundo, al mundo por dentro. Le pregunté si tenía un nombre.

—Orden suspendido —dijo.

El edificio tiene ocho sótanos de estacionamiento bajo la tierra y pilotes que se hunden más y lo protegen de los temblores. Todo flotaba desde allá abajo: "Orden suspendido".

Vi el cuadro y fue como si los colores se hubieran movido. Vi la cal bajo las uñas, las tres barras de luz, la reja, el cielo desde una alcantarilla, los picos de oro de Kuala Lumpur, el lunar de sangre, el polvo rasposo del chocolate, la sábana sobre la cara de Rosalía, subiendo y bajando con su aire, el carbón negro que la lastimó, el círculo limpio de una ventosa en el cristal, la sangre extendida en la banqueta. Vi la niebla en mi sueño, vi la tierra bajo la tierra, el imán que juntaba todo como un juego de la fortuna y quise hacer algo sin saber qué era. Alguien podía pintar todo eso. Yo podía limpiar las manchas.

Rosalía había prendido velas por los marinos rusos. Podía querer lo que no había visto. Podía ayudar a una boca sin dientes. La boca del Chivo. La muerte del alpinista iba a ser peor para ella que para mí. Yo no entendía lo que ella llevaba dentro y la hacía así, pero la necesitaba por eso. Sentí el picahielos en la bolsa del overol.

85

—Iba a matar a una persona pero se murió otra —le dije al pintor.

Esto sólo era cierto a medias. Me gustaba la idea de matar al Chivo, pero iba a subir y bajar con él toda la vida sin matarlo, acariciando el picahielo, como antes subí y bajé sin prestarle dinero.

El pintor me vio como si no me creyera o como si pudiera comprenderlo todo o yo fuera una pintura.

Los vidrios del edificio estaban sucios. Aquí y allá se veían círculos limpios, las ventosas del alpinista.

Me reuní con el Chivo en el andamio. Dijo que habían entubado a su padre. Describió una especie de aspiradora capaz de soplarle a un hombre como si eso fuera la felicidad. "Por su culpa, por su pinche culpa", pensé, pero lo que dije fue:

—Está bien.

Él no me oyó o no me entendió.

—¡Okey maguey! —le grité en el andamio, varias veces porque había mucho viento. Pareció captar que yo estaba resignado o que yo creía en la suerte. Sentí que me sacaba una mancha de abajo de la piel.

Ese día no contó la historia de su padre. Cuando acabamos, me abrazó:

—Gracias —la palabra silbó porque le faltan dientes. Olía a Windex y a sudor, como olemos todos nosotros. Luego me entregó tres billetes azules—: Tu cambio —sonrió.

Jacinto se acercó en la calle. Me ofreció un billete. Recordé el título del cuadro: "Orden suspendido". Él se había jodido para vender la fortuna; yo había perdido para que otro ganara; Rosalía había dado dinero sin perder nada. "Señales", me dije. Por primera vez, jugué a la lotería.

AMIGOS MEXICANOS

1. *Katzenberg*

El teléfono sonó veinte veces. Al otro lado de la línea, alguien pensaba que vivo en una hacienda donde es muy tardado ir de las caballerizas al teléfono, o que no existen los teléfonos inalámbricos, o que tengo vacilaciones místicas y dudo mucho en tomar el auricular. Esto último, por desgracia, resultó cierto.

Era Samuel Katzenberg. Había vuelto a México para hacer un reportaje sobre la violencia. En su visita anterior, viajaba a cuenta del *New Yorker*. Ahora trabajaba para *Point Blank*, una de esas publicaciones que perfuman sus anuncios y ofrecen instrucciones para ser hombre de mundo. Tardó dos minutos en explicarme que el cambio significaba una mejoría.

—*Point Blank* quiere decir "A quemarropa" —Katzenberg no había perdido su gusto por demostrar lo bien que habla español—: la revista no sólo publica temas frívolos; mi editora busca asuntos fuertes. Es una mujer *chida*, que se *prende* fácil. México es un país mágico pero confuso; necesito tu ayuda para saber qué es horrible y qué es buñuelesco —pronunció la eñe en forma lujosa, como si chupara una bala de plata, y me ofreció mil dólares.

Entonces le expliqué por qué estaba ofendido.

Dos años antes, Samuel Katzenberg había llegado a hacer el enésimo reportaje sobre Frida Kahlo. Alguien le dijo que yo era guionista de documentales "duros" y me pagó para acompañarlo en una ciudad que juzgaba salvaje y para explicarle cosas que juzgaba míticas.

Katzenberg había leído mucho acerca de la desgarrada pintura de los mexicanos. Sabía más que yo de murales con mazorcas de ocho metros cuadrados, el Museo de la Revolución, el atentado contra Trotsky y el tenue romance de Frida con el profeta soviético en su exilio de Coyoacán. Con voz didáctica, me reveló la importancia de "la herida como noción transexual": la pintora paralítica era sexy de un modo "muy posmoderno, más allá de la definición de género". En forma lógica, Madonna la admiraba sin entenderla.

Para preparar ese primer viaje, Katzenberg se entrevistó con profesores de Estudios Culturales en Brown, Princeton y Duke. Había hecho su tarea. El siguiente paso consistía en establecer un contacto fragoroso con el *verdadero* país de Frida. Me contrató como su contacto hacia lo genuino. Pero me costó trabajo satisfacer su apetito de autenticidad. Lo que yo le mostraba le parecía, o bien un colorido montaje para turistas o un espanto sin folclor. Él deseaba una realidad como los óleos de Frida: espantosa pero única. No entendía que los afamados trajes regionales de la pintora ya sólo se encontraran en el segundo piso del Museo de Antropología, o en rancherías extraviadas donde nunca eran tan lujosos ni estaban tan bien bordados. Tampoco entendía que las mexicanas de hoy se depilaran el honesto bigote que a su juicio convertía a F. K. (Katzenberg ama las abreviaturas) en un icono bisexual.

De poco sirvió que la naturaleza contribuyera a su crónica con un desastre ambiental. El Popocatépetl recuperó su actividad volcánica y visitamos la casona de Frida bajo una lluvia de cenizas. Esto me permitió hablar con calculada nostalgia de la desaparición del cielo que determina la vida del DF:

–Hemos perdido la región más transparente del aire –comenté, como si la contaminación significara también el fin de la lírica azteca.

Reconozco que atiborré a Katzenberg de lugares comunes y cursilerías vernáculas. Pero la culpa fue suya: quería ver iguanas en las calles.

México lo decepcionó como si recorriera un centro ceremonial ruinoso y comercializado, donde vendían cremas con vitamina E para los adoradores del sol.

Cuando le presenté a un experto en arte mexicano no quiso hablar con él. Debí renunciar en ese momento, no podía trabajar para un racista. Didier Morand es un negro de Senegal. Vino a México cuando el presidente Luis Echeverría decidió que nuestros países eran muy afines. Usa collares de fábula y hermosas túnicas africanas. Es comisario de arte mexicano y poca gente sabe tanto como él. Pero a Katzenberg le molestó que honrara tantas culturas a la vez:

–No necesito un informante africano –me vio como si yo traficara con etnias equivocadas.

Decidí ponerle un alto: le pedí el doble de dinero.

Aceptó y entonces me esforcé por encontrar metáforas y adjetivos que sacaran a flote el México profundo, o algo que pudiera representarlo ante sus ojos ávidos de desastres muy genuinos.

Fue entonces cuando le presenté a Gonzalo Erdiozábal. Gonzalo parece un moro altivo del Hollywood de los cuarenta. Transmite la apostura superdigna de un sultán que ha perdido sus camellos y no piensa recuperarlos. Esto es lo que pensamos en México. En Europa parece muy mexicano. Durante cuatro años de la década de los ochenta, se hizo reverenciar en Austria como Xochipili, supuesto descendiente del emperador Moctezuma. Cada mañana, llegaba al Museo Etnográfico de Viena disfrazado de danzante azteca, encendía incienso de copal y pedía firmas para recuperar el penacho de Moctezuma, cuyas plumas de quetzal languidecían en una vitrina.

En su calidad de Xochipili, Gonzalo le demostró a la ciudadanía austriaca que lo que para ellos era un regalo sin gracia del emperador Maximiliano de Habsburgo para nosotros representaba un trozo de identidad. Reunió suficientes firmas para llevar el tema al parlamento, obtuvo fondos de ONGs y la irrestricta devoción de un movedizo harén de rubias. Obviamente hubiera sido una desgracia que consiguiera el penacho; su causa sólo podía prosperar mientras los austriacos pospusieran la entrega. Disfrutó la "beca Moctezuma" sin ser vencido por la generosidad de los adversarios: la nostalgia lo forzó a regresar antes de obtener las plumas imperiales ("extraño el aire que huele a gasolina y chicharrón", me dijo en una carta).

Cuando Katzenberg me dobló el sueldo, le hablé a Gonzalo para ofrecerle un tercio. Montó un rito de fertilidad en una azotea y nos llevó a la choza de una adivina con mal de pinto que nos hizo morder una caña de azúcar para escrutar nuestro destino en el bagazo.

Gracias a las tradiciones improvisadas por Gonzalo, Katzenberg encontró un ambiente "típico" para su crónica. La noche en que nos despedimos bebió un tequila de más y me confesó que su revista le había dado viáticos para un mes, a cuerpo de rey. Gonzalo y yo le habíamos permitido "investigar" todo en una semana.

Al día siguiente quiso seguir ahorrando. Consideró que la camioneta del hotel le salía demasiado cara, detuvo un Volkswagen color loro y el taxista lo llevó a un callejón en el que le colocó un desarmador en la yugular. Katzenberg sólo conservó el pasaporte y el boleto de avión. Pero el vuelo se canceló porque el Popocatépetl entró en fase de erupción y sus cenizas bloquearon las turbinas de los aviones.

El periodista pasó un último día en la ciudad de México, viendo noticias sobre el volcán, aterrado de salir al pasillo. Me llamó para que fuera a verlo. Temí que me pidiera que le devolviera el dinero, pero sobre todo temí ofrecérselo yo. Le dije que estaba ocupado porque una bruja me había hecho mal de ojo.

Compadecí a Katzenberg a la distancia hasta que me envió su reportaje. El título, de una vulgaridad dermatológica, no era lo peor: "Erupciones: Frida y el volcán". Yo aparecía descrito como "uno de los locales"; sin embargo, aunque no me honraba con un nombre, transcribía sin comillas ni escrúpulos todo lo que yo había dicho. Su crónica era un despojo de mis ideas. Su única originalidad consistía en haberlas descubierto (sólo al leerlo yo supe que las tenía). El texto terminaba con algo que dije de la salsa verde y el dolorido cromatismo de los mexicanos. Por la mitad de precio, podrían haberme pedido la crónica a mí. Pero vivimos en un mundo colonial y la revista necesitaba la laureada firma de Samuel Katzenberg. Además, no escribo crónicas.

2. Burroughs

El regreso del reportero estrella a México ponía a prueba mi paciencia y mi dignidad. ¿Cómo se atrevía a llamarme?

Le dije que no tenía ínfulas de protagonismo; sencillamente estaba harto de que los norteamericanos se aprovecharan de nosotros. En vez de traducir a Monsiváis o a Mejía Madrid, mandaban a un cretino madonnizado por el prestigio de escribir en inglés. El planeta se había convertido en la nueva Babel donde nadie se entendía pero lo importante era no entenderse en inglés. Este discurso me pareció patriota, así es que lo alargué hasta que temí sonar antisemita.

—Perdón por no mencionarte —dijo Katzenberg al otro lado de la línea, con voz educada.

Vi por la ventana, en dirección al Parque de la Bola. Un niño se había subido a la enorme esfera de cemento. Abrió los brazos, como si estuviera en la cima de una montaña. Las personas que rodeaban la fuente aplaudieron. La Tierra había sido conquistada.

En las noches me gusta asomarme a la glorieta que llamamos "Parque de la Bola". La bola es un globo terráqueo de cemento. La gente se asoma a verla desde los balcones. El mundo visto por sus vecinos.

Desvié la vista a la computadora, tapizada de papelitos en los que anoto "ideas". El aparato ya parece un doméstico Xipe Totec. Cada "idea" representa una capa de piel de Nuestro Señor el Desollado. En vez de escribir el guión sobre el sincretismo por el que ya había cobrado un anticipo, estaba construyendo un monumento al tema.

Katzenberg trató de congraciarse conmigo:

—Los correctores aniquilaron adjetivos fundamentales; ya sabes cómo es el periodismo de batalla; además, aquí los editores no son como en México: allá tienen la mano pesada, te cambian todo…

Mientras tanto, yo pensaba en Cristi Suárez. Había dejado un mensaje inolvidable en mi contestadora: "¿Cómo vas con el guión? Anoche soñé contigo. Una pesadilla con efectos de terror de bajo presupuesto. Pero te portaste bien: tú eras el monstruo, pero no el que me perseguía sino el que me salvaba. Acuérdate que necesitamos el primer tratamiento para el viernes. Gracias por salvarme. Besitos".

Oír a Cristi es una maravillosa destrucción: me encantan sus propuestas para temas que no me gustan. Por ella he escrito guiones sobre el maíz mejorado y la cría de cebú. Aunque el trabajo es un pretexto para acercarme a ella, no me he atrevido a dar el último paso. Y es que hasta ahora, aunque suene increíble, mi mejor faceta han sido los guiones. Me conoció mientras yo padecía una épica borrachera; aún así (o tal vez por eso) me juzgó capaz de escribir un documental contra los granos transgénicos. Desde entonces me habla como si nuestro proyecto anterior hubiera ganado un Oscar y ahora fuéramos por puro prestigio a Cannes. El último episodio de su entusiasmo me condujo al sincretismo. "Los mexicanos somos puro *collage*", dijo. Cuesta trabajo creerlo, pero dicha por ella, la frase es espléndida.

Había desconectado la grabadora porque no estaba seguro de resistir otro mensaje de Cristi y sus magníficas pesadillas. A veces pienso en lo que perdería si le dijera de una vez por todas que el sincretismo me tiene sin cuidado y el único *collage* que me interesa es ella. Pero luego recuerdo que a ella le gusta cuidar personas y se da aires de enfermera. Tal vez los guiones son la terapia que me ha asignado y no desea otra cosa de mí que someterme a ese tratamiento. Pero lo del monstruo bueno suena picante, casi porno. Aunque sería más porno que me felicitara por ser el monstruo malo. El alma de la mujer es complicada.

Sí, desconecté la grabadora para no tener más huellas de la voz que me obsesionaba. Cuando el timbre sonó veinte veces me dio curiosidad saber qué sociópata me buscaba. Así volví a entrar en contacto con Katzenberg.

Él seguía en la línea. Había agotado sus fórmulas de cortesía. Aguardaba mi respuesta.

Revisé mi cartera: dos billetes verdes de 200, con rastros de cocaína (demasiada poca). Esta visión ya me había decidido, pero Katzenberg aún apeló a un recurso emocional:

—Varias veces me pidieron que volviera a México. Aunque no lo creas, el reportaje de Frida fue un *hit*. No quise venir y un colega, un irlandés antisemita que se quería coger a mi novia, corrió el rumor de que yo había hecho algo sucio y por eso no quería volver. No sería el primer caso de un reportero gringo que se metiera en broncas con los narcos o la DEA.

—¿Regresaste para limpiar tu nombre? —le pregunté.

—Sí —contestó con humildad.

Le dije que yo no era "uno de los locales". Si quería referirse a mí, tendría que poner mi nombre. Una cuestión de principios y del manejo adecuado de las fuentes. Luego le pedí tres mil dólares.

Hubo un silencio al otro lado de la línea. Pensé que Katzenberg hacía sumas y restas, pero ya estaba en el tema de su artículo:

—¿Qué tan violenta es la ciudad de México?

Recordé algo que Burroughs le escribió a Kerouac o a Ginsberg o a algún otro mega adicto que quería venir a

94

México pero tenía miedo de que lo asaltaran:

—No te preocupes: los mexicanos sólo matan a sus amigos.

3. Keiko

Lo único que en esos días me interesaba en la ciudad de México era la despedida de Keiko. Los domingos de los divorciados dependen mucho de los zoológicos y los acuarios. Me acostumbré a ir con Tania a Reino Aventura, el parque de atracciones que para nosotros representaba un santuario ballenero.

Decidí pasar la mañana con Tania, viendo el poderoso nado de la ballena (con mayor propiedad, mi hija se refiere a ella como "orca") y la tarde buscando atractivos escenarios violentos con Katzenberg. Esto último tenía sus dificultades: todos los sitios donde me han asaltado son demasiado comunes.

Quedaba un asunto pendiente: ¿a qué hora escribiría el primer tratamiento para Cristi?

Mientras procuraba salvar un rastro de coca en un billete con la efigie de Sor Juana pensé en una razón ontológica que inmovilizara mi trabajo. ¿Qué sentido tiene escribir guiones en un país donde la Cineteca explotó mientras se exhibía *La tierra de la gran promesa*? Recordé el problema que tuvimos con un extra al que aporreaban en una escena y al que mi guión hacía decir: "¡Aggh!". El sindicato decidió que, puesto que el hombre victimado tenía un parlamento, no debía cobrar como extra sino como actor. A partir de entonces mis sacrificados murieron en silencio.

Por lo demás, nunca he encontrado la menor relación entre lo que imagino y el apuesto varón o la rubia oxigenada que atropellan mis frases en la pantalla.

—¿Por qué no escribes una novela? —me preguntó una vez Renata. Entonces aún estábamos casados y ella seguía dispuesta a modificar hábitos a mi favor, comenzando por la posibilidad de verme como novelista–: En la novela los efectos especiales salen gratis y los personajes no están sindicalizados: sólo cuenta tu mundo interior.

Nunca olvidaré esta última frase. Hubo un tiempo inverosímil en que Renata creyó en mi mundo interior. Cuando dijo esas palabras me vio con los ojos color miel que por desgracia no heredó Tania, como si yo fuera un paisaje interesante pero un poco difuso.

Ninguna de las acusaciones que me hizo después ni los altercados que nos llevaron al divorcio me lastimaron tanto como esa expectativa generosa. Su confianza fue más devastadora que sus críticas: Renata me atribuyó las posibilidades que nunca tuve.

En los guiones el "interior" se refiere a la escenografía y se decora con sofás. Es el horizonte que me corresponde, lejos de las fantasías de la mujer que se equivocó al buscarme profundidades y me hirió con la confianza de que yo podría alcanzarlas.

Llamé a Gonzalo Erdiozábal para pedirle que se ocupara del guión. No escribe pero su biografía parece un documental sobre sincretismo. Antes de viajar a Viena, fue un aguerrido actor de teatro universitario (recitó los monólogos de Hamlet sumido en un pantano inolvidable), estuvo en un proyecto de cría de camarón de agua dulce en el Río Pánuco, dejó a una mujer con dos hijas en Saltillo, financió un video sobre la mariposa monarca y abrió un portal de Internet para darle voz a las 62 comunidades indígenas del país. Además, Gonzalo es un triunfo de la razón práctica: arregla motores que no conoce y encuentra en mi despensa sorpresivos ingredientes para hacer guisos sabrosos. Su energía de pionero y su sed de *hobbies* tienen algo hartante, pero en momentos de quiebra resulta indispensable. Cuando me separé de Renata ignoró mi patético deseo de aislarme y me visitó una y otra vez. Llegaba cargado de revistas, videos, un ron antillano dificilísimo de conseguir.

Llamé a Gonzalo y me dijo que nunca había pensado escribir un guión, es decir, que aceptaba. Sentí tal alivio que me extendí en la plática. Le hablé de Katzenberg y su regreso a México. La noticia no le interesó. Él quería hablar de otras cosas, de un antiguo compañero del teatro universitario que acababa de montar una pieza de Genet en un gimnasio. En su boca, las escenas corren el riesgo de durar lo mismo que en la realidad. Colgué el teléfono.

Fui por Tania. La ciudad estaba tapizada con imágenes de la ballena. El DF es un sitio estupendo para criar pandas. Aquí nació el primero fuera de China. Pero las orcas necesitan más espacio para fundar una familia. A eso se iba Keiko. Se lo expliqué a mi hija, mientras aguardábamos en el gigantesco estanque de Reino Aventura a que comenzara una de las funciones de despedida.

Tania acaba de aprender la palabra "siniestro" y le encuentra numerosas aplicaciones. Debíamos estar contentos. Keiko tendría crías en altamar. Me vio con ojos entrecerrados. Pensé que iba a decir que eso era siniestro. Tomé un cuento que llevaba en su mochila y se lo comencé a leer. Trataba de zanahorias carnívoras. No le pareció nada siniestro.

La ballena había sido amaestrada para despedirse de los mexicanos. Hizo "adiós" con una aleta mientras cantábamos "Las golondrinas". Un mariachi con diez trompetistas tocó con enorme tristeza y un cantante exclamó:

—No lloro: ¡nomás me sudan los ojos!

Confieso que me emocioné a mi pesar y maldije mentalmente a Katzenberg, incapaz de apreciar esa riqueza *kitsch* de México. Él sólo pagaba por ver violencia.

Keiko saltó por última vez. Parecía sonreír de un modo amenazante, con dientes filosísimos. A la salida, le compré a Tania una ballena inflable.

Había incendios forestales en las inmediaciones del Ajusco. Las cenizas creaban una noche anticipada. Vista desde la colina de Reino Aventura, la ciudad palpitaba como una mica incierta. El escenario perfecto para que Cristi soñara un monstruo bueno.

Tomamos la carretera sin decir palabra. Seguramente Tania pensaba en Keiko y la familia que tendría que buscar tan lejos.

Dejé a Tania en casa de Renata y fui a Los Alcatraces. Llegué a la mesa a las cuatro de la tarde. Katzenberg ya había comido.

Escogí bien el restorán, ideal para torturar a Katzenberg y para que me diera las gracias por llevarlo a un sitio genuino. Había música ranchera a todo volumen, sillas con los colores de juguetería que los mexicanos sólo vemos en los lugares "típicos", seis salsas picantes sobre la mesa y un menú con tres variedades de insectos, molestias suficientemente pintorescas para que mi contertulio las padeciera como "experiencias".

La calvicie había ganado terreno en la frente de Katzenberg. Iba vestido como cliente de Woolworth's, con una camisa de cuadros de tres colores y reloj con extensible de plástico transparente. Sus ojos, pequeños, de intensidad lapislázuli, se movían con rapidez. Ojos que anticipaban moscas, alerta ante una exclusiva.

Pidió café descafeinado. Le trajeron del único que había: de olla, con canela y piloncillo. Apenas probó un sorbo. Quería tener cuidado con los alimentos. Sentía un latido en las sienes, un ruidito que hacía "bing–bing".

—Es la altura —lo tranquilicé—, nadie digiere a 2, 200 metros.

Me habló de sus problemas recientes. Algunos colegas lo odiaban por envidia, otros sin motivo aparente. Había tenido la suerte de ir a sitios que se volvían conflictivos a su llegada y le entregaban insólitas primicias. Fue el primero en documentar las migraciones masivas de Ruanda, el genocidio kurdo, la fuga tóxica de la fábrica Union Carbide en la India. Había ganado premios y enemistades por doquier. Sentía la respiración de sus enemigos en la nuca. Teníamos la misma edad (38), pero él se había gastado de un modo suave, como si hubiera recorrido toda África sin aire acondicionado. Me pareció advertir un filo de mitomanía en la exacta narración de sus agravios. Según él, nadie le perdonaba haber estado en Berlín el día en que cayó el Muro ni haberse encontrado a Vargas Llosa en una camisería de París una semana después de que perdió las elecciones en Perú. Imaginé que era uno de esos periodistas de investigación que alardean de los datos que consiguen pero mienten sobre su fecha de nacimiento. Muchos de los conflictos que tenía con el medio debían venir de la forma en que obtenía las noticias, aprovechándose de gente como yo.

Sus ojos revisaron las mesas vecinas.

—No quería volver a México —dijo en voz baja.

¿Era posible que alguien curtido en golpes de Estado y nubes radiactivas temiera la vida mexicana?

Yo había pedido empipianadas. Katzenberg habló sin dejar de ver mi plato, como si extrajera sus convicciones de la espesa salsa verdosa:

—Aquí hay algo inapresable: la maldad es *trascendente* —se pasó los dedos por el pelo delgadísimo—. No se causan daños porque sí: el mal quiere decir algo. Fue el infierno que Lawrence Durrell y Malcolm Lowry encontraron aquí. Salieron vivos de milagro. Entraron en contacto con energías demasiado fuertes.

En ese momento me trajeron un jarrito de barro con agua de jamaica. El asa estaba rota y había sido afianzada con tela adhesiva. Señalé el jarro:

—Aquí la maldad es improvisada. No te preocupes, Samuel.

4. *Oxxo*

Katzenberg me resultó más simpático en su faceta paranoica. Ya no era el prepotente león del nuevo periodismo de la visita anterior. Reales o ficticias, las intrigas que padecía mejoraban su carácter. Ahora quería hacer su nota y salir huyendo.

Dije una de las frases que demuestran que soy guionista:

—¿Hay algo que debería saber?

El contestó como si fuera un personaje mío:

—¿Qué parte de lo que sabes no entiendes?

—Estás demasiado nervioso. ¿Tienes broncas?

—Ya te conté.

—¿Tienes broncas que no me hayas contado?

—Si de pronto no te cuento algo es por el bien de la operación.

—"De la operación". Hablas como agente de la DEA.

—Bájale —sonrió, muy divertido—. Necesito proteger a mi fuente, eso es todo. Te digo lo que necesitas saber. Eres mi

Garganta Profunda. No te quiero perder.

—¿Hay algo que no me has contado?

—Sí. ¿Te acuerdas del irlandés antiseminta?

—¿El que se quería coger a tu novia?

—Ése. Se quiere coger a mi novia porque ya se cogió a mi esposa.

—Ah.

—Lo acaban de nombrar editor externo de *Point Blank*. Sabe que no he sido muy riguroso con mis fuentes. Ya le puso precio a mi cabeza. Está esperando un errorcito para saltar encima de mí.

—Pensé que todos te odiaban porque fuiste el primero en llegar a Ruanda.

—Hay algo de eso, pero con el irlandés todo tiene que ver con su pito sin circuncisión. Los pinches gringos también tenemos problemas personales. ¿Puedes entender eso, güey?

—Hablas demasiado bien el español. Aquí todos acaban creyendo que eres de la CIA.

—Viví cuatro años aquí, de los 12 a los 16, ya te lo conté. Iba al Colegio Mixcoac. ¿Vas a confiar en mí o no? Necesitamos un pacto, un matrimonio de conveniencia —sonrió.

—En el Colegio Mixcoac no enseñan a decir "matrimonio de conveniencia".

—Hay diccionarios, no seas animal. En el Colegio aprendí lo que se aprende en cualquier colegio: a decir "güey" —me sostuvo la mirada, los ojos convertidos en dos chispas azules—: ¿Puedes entender que me sienta de la chingada, aunque te esté pagando tres mil dólares?

Hicimos las paces. Quise recompensarlo con algún horror cotidiano de la ciudad de México en el año 2000. Le pedí prestado su celular. Marqué el número de Pancho, un *dealer* que me pareció confiable desde que me dijo: "Si quieres que el diablo te sonría, llámame".

Pancho me citó a dos calles de Los Alcatraces, en el estacionamiento de un Oxxo. Me interesaba que Katzenberg presenciara un conecte de cocaína, tan sencillo y barato como pedir Pizza Domino's. El delito como rutina.

Pancho llegó en un Camaro gris, acompañado de sus hijas pequeñas. Se acercó a mi ventanilla, se recargó en ella, dejó caer un papel, tomó los 200 pesos presionados en el saludo.

—Cuídate —me dijo, una palabra intimidatoria en alguien con dedos temblorosos, rostro consumido, piel apergaminada. La cara de Pancho es el mejor antídoto contra sus drogas. El diablo no le sonríe. O quizá ésa es su fascinación secreta y cautiva como un rey fenicio defectuosamente embalsamado. Samuel Katzenberg lo vio con avidez, encontrando adjetivos en esa cara desastrada.

Fui al Oxxo a comprar cigarros. Estaba en la caja cuando una sombra rápida entró en mi campo visual. Pensé que asaltaban la tienda. Sin embargo, el cajero miraba algo con más curiosidad que horror. La escena ocurría afuera. Desvié la vista al estacionamiento: Katzenberg era sacado de mi coche por un tipo con pasamontañas. Una pistola escuadra le apuntaba en la sien. Un segundo hombre de pasamontañas salió de la parte trasera de mi coche, como si hubiera buscado algo ahí. Se dirigió a quienes lo veíamos desde la tienda:

—¡Hijos de su pinche madre!

No vimos el destello de la detonación. El insulto bastó para tirarnos al piso. Caí entre latas, cajas y una lluvia de cristales. Un disparo destruyó el escaparate. Un segundo disparo cimbró el edificio y nos dejó cinco minutos en el piso.

Cuando salí del Oxxo, las puertas de mi coche seguían abiertas, con el desamparo de los autos recién vandalizados. De Katzenberg sólo quedaba un botón que se le desprendió en el forcejeo.

Una nube colorida subía al cielo, despidiendo un aroma químico. El segundo disparo había destruido las dos equis del letrero de neón. Extrañamente, las otras letras seguían encendidas: dos círculos como ojos intoxicados.

5. Buñuel

El teniente Natividad Carmona tenía ideas definidas:

—Si masticas, piensas mejor —me tendió un paquete de chicles sabor grosella.

Tomé uno aunque no quería.

Un regusto artificial me acompañó en la patrulla. Desde el asiento del copiloto, Martín Palencia le informó a su compañero:

—El *Tamal* ya mamó.

Carmona no hizo el menor comentario. Yo no sabía quién era el *Tamal* pero me aterró que su muerte se recibiera con tal indiferencia.

Tardé en reaccionar ante el secuestro de Katzenberg. Es algo que sucede cuando uno lleva cocaína en el bolsillo. ¿Cómo actuar mientras oyes sirenas que se acercan? Pancho estaba surtiendo un material finísimo; tirarlo era un crimen.

Después de revisar mi coche (inútilmente, por supuesto), regresé al Oxxo y me dirigí a las latas de leche en polvo. Escogí una para lactantes con reflujo, la marca que salvó a Tania de recién nacida. Desprendí la tapa de plástico y coloqué el papel entre la tapa y la superficie metálica.

Con suerte, la recuperaría al día siguiente. Esa leche es un artículo de lujo.

Al volver al coche encontré a dos policías a cargo de la escena. Abrieron la cajuela de guantes con ostentación y sacaron una bolsita con mariguana. Mientras yo me deshacía de la coca, ellos habían *sembrado* esa droga menor en mi auto. No necesitaban eso para llevarme a declarar, pero decidieron ablandarme por si acaso. Iba a ofrecerles un billete (con rastros más incriminatorios que la bolsita de mariguana), cuando un coche gris rata con focos en el techo frenó ante nosotros. Lo hizo con el magnífico rechinido que las patrullas nunca alcanzan en el cine mexicano.

Así conocí a los judiciales Natividad Carmona y Martín Palencia. Tenían pelo de hurón y uñas manicuradas. Revisaron el auto con moroso deleite mientras yo distinguía una cicatriz en la frente de Carmona y un Rolex, mucho más preocupante, en la muñeca de Palencia. Trataron a los policías de uniforme con absoluto desprecio. Encontraron mi credencial del sindicato de guionistas y la bolsita de mariguana. Me sorprendió su destreza para confrontar ambas cosas:

—Mira, papá —Carmona se dirigió a uno de los policías—: ¿Tú crees que un cineasta se va a drogar con esta marmaja? —me señaló y asumió un tono respetuoso—: El artista se mete cosas más finas —le tendió la bolsa al policía—. Llévate esta mierda.

Los uniformados se fueron con sus ganas de extorsión a otro sitio. Quedé en manos de la Ley capacitada para distinguir mis hábitos por mi credencial de guionista.

Estuvimos horas en el estacionamiento. Los judiciales se comunicaron con el hotel de Katzenberg, Interpol, la DEA, un oficial de guardia en la Embajada de Estados Unidos. Esta eficacia se volvió temible cuando me dijeron:

—Vamos a los separos.

Subí a la patrulla. Olía a nuevo. El tablero parecía tener más luces y botones de lo necesario.

—¿Qué tan amigo es del señor Katzenberg? —preguntó Carmona.

Contesté lo que sabía, en forma atropellada, deseoso de agregar sinceridad a cada frase.

Pasamos por una colonia de casas bajas. Había llovido en esa parte de la ciudad. Cada vez que nos deteníamos junto a un auto, el conductor fingía que no estábamos ahí. Cientos de veces yo había estado en la situación de esos conductores: evitando ver a la Ley, procurando que fuera invisible y siguiera su inescrutable destino paralelo.

¿Dónde estaría Katzenberg? ¿Detenido en una barriada miserable, amordazado en una casa de seguridad? Lo imaginé arrastrado por sus secuestradores, en tomas confusas: una espalda avanzaba hacia una niebla turbia; un cuerpo de manos atadas, ya exangüe, era arrastrado sobre la tierra; un bulto que empezaba a ser anónimo, una mera camisa comprada en un almacén barato, un bulto inexplicable, una víctima sin cara, producido por un azar equívoco, un bulto inerte, lamido con ansias por perros callejeros.

Le atribuí un destino atroz a Samuel Katzenberg para no pensar en el mío. 38 años en la ciudad bastan para saber que un viaje a los "separos" no siempre tiene boleto de regreso. "Pero hay excepciones", pensé: gente que sobrevive una semana comiendo periódico en una cañada, gente que resiste quince heridas de picahielo, gente electrocutada en tinas de agua fría que regresa para contar su historia y que nadie la crea. Me di ánimos pensando en las detalladas posibilidades del espanto. Me imaginé deforme y vivo, listo para asustar a Tania con mis caricias. Horrendo pero con derecho a un futuro. Luego me pregunté si Renata lloraría en mi funeral. No, ni siquiera iría al velatorio; no soportaría que mi madre la abrazara y le dijera palabras tiernas y tristes, destinadas a consolarla por ser culpable de mi muerte.

No me hubiera sumido en este melodrama de haber estado ante una amenaza abierta. La patrulla olía bien, yo masticaba un chicle de grosella, avanzábamos sin prisa, respetando las señales. Pero en algún sótano, el *Tamal* había mamado.

—¿O sea que usted es cineasta? —preguntó de pronto Martín Palencia.

—Escribo guiones.

—Le quiero hacer una pregunta: ese Buñuel le entraba a todo, ¿no? Tengo chingos de videos en mi casa, de los que decomisamos en Tepito. Con todo respeto, pero creo que Buñuel le tupía parejo. A las claras se ve que era bien drogado, bien visionudo. Para mí es el Jefe, el Jefe de Jefes, como dicen los Tigres del Norte, el mero capo del cine, el único que de veras tuvo los huevos cuadrados —Palencia agitaba las manos para apoyar sus comentarios, sus ojos brillaban, como si llevara mucho tiempo tratando de exponer el tema—. ¡Que un viejito como ése se meta todo lo que quiera! Yo siempre digo: "Shakespeare era puto y a mí qué". Esos cabrones están creando, creando, creando —movió la cabeza con fuerza, a uno y otro lado; el gesto sugería coca o anfetaminas—. ¿Se acuerda de ésa de Buñuel en que dos viejas son una sola? Las dos están buenísimas, pero son distintas, no se parecen ni madres, pero un viejillo las confunde, así de enculado está. Ninguna de las dos le afloja. Las muy desgraciadas se ponen cada vez más buenas. Es como si el viejillo viera doble. Dan ganas de estar tan confundido como él. Así es el surrealismo, ¿no? ¡Sería bien padrote vivir bien surrealista! —hizo una pausa, y después de un hondo suspiro me preguntó—: ¿Entonces qué, a qué le entraba el maestro Buñuel?

—Le gustaban los martinis.

—¡Te lo dije pareja! —Palencia palmeó a Carmona.

6. *El hámster*

Después de un trayecto que se alargó por una discusión fílmica en que Palencia trató de convencer a Carmona de que el surrealismo era más caliente que el porno, me dejaron ante un agente del Ministerio Público.

El funcionario me hizo unas cincuenta preguntas. Me preguntó si tenía un *alias* y si había sostenido "comercio sexual" con el secuestrado.

La fuerza del interrogatorio no estaba en las preguntas sino en la forma en que se repetían, apenas modificadas, para detectar discrepancias. Puestas en otro orden o con algún matiz, las preguntas sugerían algo distinto, me hacían ver como si yo supiera cosas antes de que ocurrieran y las hubiese intuido o aun planeado.

Me preocupaba Katzenberg. Yo lo llevé al Oxxo y tenía parte de culpa en lo que había pasado. Pero algo más fuerte, algo lejano, peligroso, ilocalizable, se había apoderado de él. ¿Me seguirían a mí también? Por el momento, lo único que me importaba era contestar esas preguntas que cambiaban al repetirse. Me dejaron ir a las dos de la mañana.

Al llegar a mi departamento me desplomé en la cama, pensando en la cocaína que dejé en el Oxxo. Me quedé dormido sin desvestirme. Caí en un sueño profundo donde, de vez en cuando, sentía el roce de una aleta.

Desperté a las ocho de la mañana. Me asomé a ver a los corredores que circundaban el Parque de la Bola. Luego revisé mi contestadora. Dos mensajes. La voz de Cristi estalló de entusiasmo en la bocina: "¡Qué guionzazo! Eres genial. Ya sé que los elogios ya no se usan en la posmodernidad, no te ofendas, pero contigo dan ganas de ser anticuadísima. Me muero de ganas de verte. Un besito. Bueno, mil". Cristi estaba exultante. Yo no sabía que Gonzalo Erdiozábal le hubiera enviado el guión ni recordaba haberle dado el fax de Cristi. Aunque, la verdad sea dicha, recordaba muy pocas cosas. El segundo mensaje decía: "Urge que vengas. Tania está hecha un alarido" (mi ex mujer me habla como si nuestra hija fuera un incendio y yo una central de alarmas).

Desayuné un panqué y un cigarro y salí a casa de Renata. En el trayecto pensé en Cristi, su voz entusiasta, su deseo de ser anticuadísima, algo magnífico en un presente desastroso. Me pregunté si alguna vez se serviría de esa maravillosa voz para exigirme que recogiera a nuestra hija.

Gonzalo siempre había sido un gran amigo. Ahora también sabía que era mejor guionista que yo.

Encontré a Tania bastante tranquila. En cambio, Renata me vio como si leyera en mi rostro un detalle infame del código penal. Agitó las manos como para espantar una nubecilla de moscas de fruta. Luego explicó el problema: Lobito, el hámster de Tania, se había perdido en el Chevrolet, ese vejestorio que nos causa tantos problemas y demuestra que la pensión que le paso es raquítica. Señaló el auto: un lugar de acción para mí, las cosas que debe resolver un hombre.

Busqué el hámster en el coche, imitando algunos ademanes de perito que le vi a los judiciales. Lo único que encontré fue un broche de carey, en forma de signo del infinito. Renata lo usaba cuando la conocí. Me pareció tan increíble que ese delgado material translúcido proviniera de una tortuga como que mis dedos lo hubieran desabrochado alguna vez. Ahora el mecanismo se había trabado (o mis dedos habían perdido facultades).

Decidí que Lobito fuera buscado por especialistas. Tania me acompañó a la agencia de la Chevrolet. Un mecánico de bata blanca recibió mi solicitud con apatía, como si todos los clientes llegaran con roedores extraviados en las vestiduras del coche. Es posible que los gases tóxicos otorguen esa resignada eficiencia.

—Esperen en Atención a Clientes —señaló un rectángulo acristalado.

Ahí nos dirigimos. Los lugares de espera del país se han llenado de televisiones: vimos un comercial del gobierno que me causa especial repugnancia porque yo lo escribí. Durante un minuto se promueve una república de ensueño donde cuatro paredes de tabicón califican como un aula y el presidente sonríe, satisfecho de su logro. El mensaje no puede ser más contradictorio: la pobreza parece resuelta y al mismo tiempo imbatible. La cámara abre la toma, mostrando un paisaje yermo. Es como si el gobierno dijera: "Ya hicimos lo poco que se podía". La última imagen muestra a un niño miserable con la boca abierta ante un gotero. El poder ejecutivo deja caer ahí una gota providente.

Cerré los ojos hasta que Tania me jaló del pantalón.

El hombre de bata blanca tenía a Lobito en las manos:

—Tuvimos que desmontar el asiento trasero —le tendió la mascota a Tania—. También encontramos esto —me dio una pelota de tenis que en la oscura cavidad del auto había perdido su refulgente color verde limón.

La tomé con manos temblorosas. El contacto velludo con esa esfera activó insólitos recuerdos: Gonzalo Erdiozábal, simulador impenitente, me había traicionado.

7. *El Santo Niño Mecánico*

En los años ochenta Renata había querido llevar una vida muy libre pero también necesitaba coche. Aunque odiaba que un hombre quisiera protegerla, aceptó que su padre le regalara un Chevrolet. Durante unas semanas se sintió traidora y dependiente. Lanzó al aire las tres moneditas del *I Ching* sin encontrar metáforas que la tranquilizaran.

Siempre dispuesto a auxiliar a los amigos y a combinar su generosidad con alguna forma de la actuación, Gonzalo Erdiozábal la convenció de someter el coche a un rito vernáculo: el "regalo de papi" podía convertirse en un "auto sacramental".

Gonzalo tenía una forma tan intensa de ser incoherente, que aceptamos su plan: iríamos con un sacerdote que bendecía taxis el día de San Cristóbal, patrono de los navegantes. La iglesia quedaba lejísimos; valía la pena hacer una excursión, algo al fin distinto.

Renata no había querido bautizar a Tania. Sin embargo, se sentía tan culpable de llegar a la Escuela de Antropología en un coche último modelo que en este caso el bautizo le pareció una oportunidad de mezclar un regalo burgués con un hecho social.

Gonzalo se autonombró padrino de la ceremonia. Llegó a nuestra casa con una hielera llena de cervezas y botanas compradas en el mercado de Tlalpan.

Fuimos a un confín donde, asombrosamente, la ciudad seguía existiendo. Nos perdimos varias veces en el camino, nadie parecía conocer la parroquia, nos dieron señas contradictorias hasta que vimos un taxi ataviado para la fiesta, con guirnaldas de papel de china, y decidimos seguirlo.

Cuando llegamos, decenas de taxis aguardaban ser bautizados. Al fondo, la capilla alzaba sus pequeñas torres color azul malvavisco, como un kindergarten convertido en iglesia.

—¿Bautizarán un coche que no es taxi? —preguntó Renata.

—Es lo importante: no ser taxi y estar aquí —Gonzalo habló como un gurú del mundo híbrido.

Luego contrató un trío para amenizar la espera. Oímos boleros y a la cuarta cerveza sentí compasión por mi amigo. He escatimado un dato esencial: Gonzalo amaba a Renata con desesperación y descaro. Su coqueteo era tan obvio que resultaba inofensivo. Mientras escuchábamos las infinitas maneras de sufrir de amor propuestas por el bolero, pensé en el vacío que definía la vida de Gonzalo y determinaba sus cambiantes aficiones, la fuga hacia delante en que se convertían sus años.

Algunas mujeres lo habían acompañado en forma ocasional. Ninguna duró más tiempo que el necesario para tejerle un chaleco de colores psicodélicos o para que él aprendiera una nueva postura de yoga. Renata le había servido como el horizonte siempre postergado que justificaba sus amoríos en falso.

En la fila de espera, sentí una intensa lástima por Gonzalo y le dije esas cosas que se pronuncian en las pausas de la música romántica hasta que las cuerdas regresan a cobrar sus cuentas.

El trío se quedó sin repertorio antes de que llegáramos a la capilla. Cuando finalmente estuvimos a tres taxis de distancia, nos informaron que se había ido el agua, no sólo en la iglesia, sino en toda la colonia.

Vimos el hisopo seco del sacerdote. El viento hacía volar periódicos y bolsas de celofán.

Renata se resignó a que su auto circulara por el limbo y se estacionara en la Escuela de Antropología sin haber pasado por un rito popular.

Para entonces Gonzalo ya estaba borracho y muy decidido a ser nuestro compadre automotriz. Pidió que lo esperáramos y se perdió en una calle de tierra.

Entramos a la iglesia. En un altar lateral vimos al Santo Niño Mecánico. Sostenía una llave de cruz, ataviado con un ropón de mezclilla. Su rostro color de rosa, con mejillas cárdenas, parecía trabajado por un pintor de rótulos.

El altar estaba rodeado de exvotos que narraban milagros viales y coches en miniatura que los taxistas dejaban como ofrendas.

Salimos al atrio, bajo el último sol de la tarde.

Gonzalo había partido con mirada de poseso. Lamenté su soledad, su pasión vicaria por Renata, sus inútiles cambios de piel.

Un estruendo y una nube de polvo anunciaron su regreso. Llegó colgado de la cabina de un camión de Agua Electropura. Los botellones de cristal despedían un brillo azulado.

Hasta aquí la imagen era épica, o por lo menos extraña. Al acercarse a nosotros se volvió criminal: Gonzalo amenazaba al conductor con el punzón que usaba para hacer signos de *Peace & Love* en madera de balsa. Cuando bajó del camión, su rostro tenía el desfiguro de la demencia.

El sacerdote se negó a reanudar el sacramento con agua robada.

Gonzalo mostró un abanico de billetes:

—No quieren venderme un garrafón.

—No me autorizan a salirme de mi ruta —dijo el encargado del agua, en ese tono esclavista que no admite sugerencias.

—Esa agua ya fue insuflada por el pecado —sentenció el sacerdote.

En el aire polvoso, los botellones refulgían como un tesoro.

—¡Por favor! —Gonzalo se arrodilló con un patetismo genérico, dirigido por igual al sacerdote que al chofer del camión.

Dos taxistas nos ayudaron a meterlo al coche. No habló en el camino de regreso. La estrafalaria diversión del sábado se había convertido en algo vergonzoso. Sobre todo, era horrible no poder consolar a nuestro amigo. Después de mis más penosas intoxicaciones, él me había dicho: "No te preocupes, eso le pasa a cualquiera". En efecto, cualquiera puede ser un adicto lamentable. No podía decir lo mismo de él. Su pérdida de control había sido única.

Lo acompañé hasta la puerta de su edificio. Me abrazó con fuerza. Olía a sudor agrio.

—Perdón, soy un pésimo amigo —masculló.

Obviamente, pensé que se refería a nuestra absurda expedición a la iglesia de San Cristóbal. Muchos años después, la pelota de tenis encontrada en el asiento trasero vincularía las cosas de otro modo.

8. El lema

Unas semanas antes del fallido bautizo, varias parejas pasamos un fin de semana en la hacienda de Giménez Luque, un amigo millonario. Aunque sólo el anfitrión era capaz de controlar una raqueta, la cancha de tenis nos imantó como un oasis disponible. Muchas pelotas fueron a dar más allá de las rejas metálicas que delimitaban el terreno de juego. Pero sólo importa una. Renata y Gonzalo fueron por ella. Regresaron más de una hora después, con las manos vacías. Se habían afanado mucho en encontrarla, pero no dieron con su escondite. Renata tenía la piel enrojecida. Se mordía obsesivamente un padrastro en el dedo índice.

Ahora conocía la verdad: no perdieron la pelota en el campo, sino en el asiento trasero del Chevrolet, de donde acababa de salir. ¡A ese mismo hueco había ido a dar mi peine cuando Renata y yo hicimos el amor en el Desierto de los Leones! A ese mismo hueco fue a dar Lobito.

¿Podía tratarse de otra pelota? Por supuesto que no. El número de pelotas desperdigadas por el mundo es inconcebible. Pero lo que yo sentí al tocar el vello recién salido a la luz de esa pelota es irrefutable.

Además, había otras claves. La relación con Renata se empezó a enfriar en esos días. No quiso hacer el amor conmigo en la hacienda, sus manos me esquivaban.

Renata no volvió a interesarse en el tenis. Es posible que tampoco se interesara más en Gonzalo. No encuentro vínculos posteriores entre ellos. En cierta forma, ella se divorció de nosotros dos: no concebía a un amigo sin el otro. Gonzalo fue para ella lo que tantas veces había sido para otras y para sí mismo, un arrebato imprescindible y breve.

De cualquier forma, Gonzalo había cruzado la línea que lo convertía en un perfecto hijo de puta. Cuando me pidió perdón afuera de su casa, no se refería al ridículo de ese sábado, sino a la traición que no sabía cómo nombrar.

La pelota de tenis me ardió en la mano. Sentí tanta rabia que no pude pensar en otra cosa el resto del día. Olvidé la cocaína que había dejado en el Oxxo. Olvidé que Katzenberg había desaparecido. Olvidé que la ballena inflable de Tania necesitaba un estanque.

Traté en vano de localizar a Erdiozábal. Quemé los papelitos que tapizaban mi computadora, uno por uno, para que eso pareciera una actividad. Ardieron como pellejos sacrificiales pero no me sentí mejor.

Hojeé revistas. En una *Rolling Stone* de hacía dos años encontré una entrevista con Katzenberg que no había leído. Una reportera le preguntaba: "¿Cuál es su lema?". Curiosamente, él tenía uno: "Flotar en las profundidades". Tal vez eso significaba ser alguien de éxito: tener un lema. Quemé el último papel amarillo y salí a la calle.

El Parque de la Bola no era el mejor sitio para despejar la mente. Ahí estaba el judicial aficionado al cine surrealista, Martín Palencia. Llevaba un periódico deportivo y un capuchino en un vaso de poliuretano. Se disponía a disfrutar de una pausa antes de llamar a mi casa. Mi llegada le había arruinado ese momento.

Habló con desgano de cosas encontradas en el cuarto de hotel de Katzenberg: apuntes sobre la violencia, el "secuestro exprés", la "ordeña" en cajeros automáticos, la gente "encajuelada" en los coches. ¿Qué sabía yo? Dije que Katzenberg quería escribir de cosas siniestras pero aún no se había topado con ellas; sus editores de Nueva York le exigían que contara algo horrendo de México, un parque temático de las atrocidades.

Palencia sorbió su capuchino, absorto en sus propios pensamientos.

Recordé el pretencioso lema de Katzenberg. Ahora en verdad lo necesitaba. ¿Sería capaz de flotar en las profundidades en las que había caído? Volví a decir lo que sabía, casi nada.

Palencia observó con interés que en los apuntes aparecía la palabra "buñuelesco". Era una clave, ¿o qué?

—Cuando un periodista gringo encuentra lo "buñuelesco" en México quiere decir que vio algo horrendo que le pareció mágico.

—¿No se le ocurre una conspiración? —luego pasó a un tuteo amenazante—: el gringo estaba aquí para verte; no se te olvide. Si te pasas de verga vas a acabar jodido. ¿Te acuerdas de *Ensayo de un crimen*, la película de Buñuel?

—Sí —contesté para apresurar el diálogo.

—Acuérdate de lo que le pasa al maniquí de la rubia: lo achicharran. Luego achicharran a la protagonista. Las rubias que no hablan acaban en el fuego, mi reina.

Quise despedirme, pero Palencia me detuvo:

—No te pierdas —me tocó la mejilla con un afecto letal.

Volví a mi edificio. Cristi estaba en la puerta.

—Perdón por venir sin avisar. Tenía muchísimas ganas de verte —sus ojos despedían un brillo adicional; se pasó la mano por el pelo, nerviosa—: No siempre soy así, de veras.

Subimos al departamento. Lo primero que hizo fue ver mi computadora, recién despejada de la hojarasca amarilla.

—Me encantó la idea con que empiezas el guión: la computadora tapizada de papelitos, como un moderno dios Xipe Totec. Ahí está la desesperación del guionista y el sentido contemporáneo del sincretismo. Pero no vine a ponerme pedante —me tomó de la mano.

Gonzalo Erdiozábal me había convertido en el protagonista de su guión. Su abusiva imaginación no dejaba de sorprenderme, pero no pude seguir pensando. Los labios de Cristi se acercaban a los míos.

9. Barbie

Hubiera sido elegante olvidar mi cocaína con valor de 20 dólares, pero regresé al Oxxo dispuesto a revisar cada lata para bebés con reflujo. No había ninguna.

—La contaminación produce reflujo —me dijo el encargado—. Nunca tenemos suficientes latas.

Gonzalo se volvió tan ilocalizable como mi cocaína. Le dejé varios recados. A cambio, grabó este escueto mensaje en la contestadora: "Ando en la loca. Me voy a Chiapas con unos visitadores suecos de derechos humanos. Suerte con el guión".

En esos días tampoco supimos nada de Keiko. ¿Ya habría llegado a su destino en altamar? Cometí el error de volver con Tania a Reino Aventura. Un infructuoso delfín atravesaba la pecera.

Me preocupaba Katzenberg y temía que Palencia regresara a convertirme en culpable de algo que yo ignoraba. Pero mi mayor angustia, debo confesarlo, venía de desconocer lo que "yo" había escrito. Cristi amaba la personalidad que había cristalizado en el guión.

Supe que ella tenía un lunar maravilloso en la segunda costilla y una manera única de lamer las orejas, pero no supe cómo la cautivé. Aunque insistía en que se había fijado en mí desde antes, el guión fue decisivo. Además, eso le permitía sentirse responsable de la forma en que yo me había abierto:

117

ella había propuesto el tema. Su orgullo me pareció merecido. Lo único que me faltaba era saber a qué se refería. Citaba
frases del guión con tanta frecuencia que cuando dijo "Dios
es la unidad de medida de nuestro dolor" pensé que era algo
que "yo" había escrito. Tuvo que explicar, con humillante pe-
dagogía, que se trataba de una frase de John Lennon.

O el texto de Gonzalo era muy largo o mi interior muy
escueto. Según Cristi me mostraba por entero. En especial,
le asombró mi valentía para confesar mis caídas y mis ca-
rencias afectivas. Resultaba admirable que hubiera podido
sublimarlas a propósito del sincretismo mexicano: "yo" representaba al país con una sinceridad pasmosa.

Cristi se enamoró del atribulado y convincente personaje creado por Gonzalo, la sombra que yo trataba de imitar
sin saber qué guión seguir (¿sería demasiado brutal pedirle
una copia a Cristi?).

Entré en un vago proceso de reforma personal. Estimulado
por las inciertas virtudes que me atribuía Cristi, aminoré las
sórdidas mañanas que comenzaban olfateando billetes. La
vida sin coca no es fácil, pero poco a poco me iba convencien-
do de ser otra persona, con tics repentinos y una atención
desfasada, algo necesario para desmarcarme de la absurda
persona que había sido hasta entonces.

El caso Katzenberg seguía abierto y tuve que volver al
Ministerio Público. Mis declaraciones fueron confrontadas
con las de otros testigos y el cajero del Oxxo. Un agente tuerto nos tomó dictado. Escribía con inmensa rapidez,
como si alardeara de una facultad desconocida para la gente
con dos ojos.

Al compararse, nuestros testimonios –pardos, dubitativos,
reticentes– causaban una violenta sensación de irrealidad, de

contradicciones casi propositivas. Había discrepancias de horarios y puntos de vista. De muy poco sirvió que yo dijera:

—En este país nadie sabe nada.

Me retuvieron más tiempo que a los otros. Al cabo de siete horas, un dato se aclaró en mi mente hasta adquirir el rango judicial de "evidencia": cuando salimos de Los Alcatraces, usé el celular de Katzenberg para avisarle a Pancho que ya estábamos en camino. Luego lo dejé en el asiento trasero del coche. No se lo devolví al periodista. Eso fue lo que el segundo secuestrador buscó en mi coche. Querían a Katzenberg con su teléfono.

Me entusiasmó encontrar una pieza faltante en el caos, pero no se la comuniqué al agente tuerto. El teléfono probaba mis vínculos con el tráfico de cocaína.

Estaba exhausto, pero el oficial Martín Palencia aún quería hablar conmigo. Natividad Carmona lo observaba a unos metros, comiendo una gelatina verde.

—Mire —me mostró una muñeca Barbie—. Es de las que fabrican en Tuxtepec, pero les ponen *"Made in China"*. Estaba en el cuarto del señor Katzenberg. ¿Usted sabe por qué?

—Un regalo para su hija, supongo.

—¿Usted compraría una Barbie en México, si fuera gringo? Esto se parece a *Ensayo de un crimen*, me cae que sí.

Palencia se me acercó:

—Mira, preciosa: puedes ser cineasta sin volverte puta. Todavía no quiero que me la mames, pero si le diste datos raros a tu padrote gringo te vas a arrepentir. Las niñas malas acaban muy cogidas —abrió las piernas de la Barbie; su dedo índice semejaba un pene inmenso—. No es necesario que te parta en dos, muñeca —no se dirigía a la Barbie sino a mí.

Cuando finalmente me dejaron ir, Carmona mordía una cáscara de mandarina.

10. *Sharon*

Dos días después una rubia entró en escena, pero no de la clase que esperaba Palencia. Sharon llegó a México a buscar a su marido. Llegó con bermudas, como si visitara un trópico con palmeras. Esa ropa, y toda la demás que le vi, se veía muy mal en alguien con sobrepeso. En sus pies, los relucientes Nike no parecían deportivos sino ortopédicos.

Almorcé con ella y salí con dolor de cabeza. Le molestó que hubiera tantas mesas para fumadores, que la música estuviera tan fuerte y las televisiones se consideraran decorativas. A mí todo eso también me molesta, pero no me pongo histérico. Se sorprendió de que los mexicanos sólo conociéramos el queso americano amarillo (en apariencia también hay blanco, mucho más sano) y que yo ignorara cuál de los tres bolillos que nos ofrecían tenía más fibra. Sus obsesiones alimenticias eran patológicas (tomando en cuenta que estaba gordísima) y sus hábitos culturales se sometían a una dieta no menos severa. Por hacer conversación, le pregunté si el secuestro de su marido había salido en CNN.

—La televisión equivale a una lobotomía frontal. No la veo nunca —respondió.

Por lo poco que había visto de la ciudad de México, estaba convencida de que no respetamos a los ciegos. Le dije que la mejor forma de tolerar esta ciudad era ser ciego, pero no apreció el chiste.

—Hablo de discapacitados —dijo con solemnidad—: no hay rampas. Cruzar una calle es un acto salvaje.

Aunque tenía razón, me molestó que generalizara después de recorrer tan pocas calles. Caí en un mutismo de piedra. Ella me mostró el último número de *Point Blank*, con un reportaje sobre Katzenberg: "Desaparecido: *Missing*".

Sharon me había caído tan mal que no me pareció ofensivo leer en su presencia. Entre fotos de juventud y testimonios de amigos, el periodista era evocado como un mártir de la libertad de expresión, ultimado en un paraje sin ley. La ciudad de México brindaba un trasfondo patibulario al reportaje, un laberinto dominado por sátrapas y deidades que nunca debieron salir del subsuelo.

Me molestó la amañada beatificación del periodista, pero me puse de su parte cuando Sharon dijo:

–Sammy no es ningún héroe de acción. ¿Sabes cuántos laxantes toma al día? –hizo una pausa; no me extrañó que añadiera–: Estábamos a punto de separarnos. Veo un ángulo muy raro en todo esto. Tal vez se escapó con alguien más, tal vez teme enfrentar a mis abogados.

Yo no tenía una opinión muy elevada de Katzenberg, pero su mujer ofrecía un argumento para el autosecuestro.

Sharon desvió la vista a la mesa de junto. En unos minutos encontró diez errores en la forma en que esos padres estaban educando a su hijo.

Ignoro si Sharon era respaldada por una tradición puritana, una vida de pioneros que habían vencido la ruda intemperie, una iglesia sin adornos donde se cantaban coros de piadosa sencillez, una cotidianidad repleta de oraciones. Lo cierto es que estaba convencida de que la verdad horrible es positiva. Actuaba al margen de toda consideración emocional, como si al separar el sentimiento de los hechos cumpliera un fin ético.

Durante el postre, en el que por desgracia no hubo galletas bajas en calorías, me explicó sus derechos. Si cedía al sentimiento, todo estaría perdido. Sólo se guiaba por principios.

Había demandado a *Point Blank* por publicar fotos del álbum familiar sin su permiso. Eso lesionaba sus intereses: si esas fotos se conocían, iba a ser más difícil vender una opción para una miniserie sobre la tragedia de su marido.

Venía de Los Ángeles de hablar con productores. Yo podía ser de ayuda. Obviamente nadie aceptaría a un guionista mexicano. ¿Me interesaba un trabajo de asesor? Nunca una negativa me pareció tan dulce:

—Soy amigo de Samuel —mentí.

11. *La bola es el mundo*

La pesadilla de frecuentar a Sharon fue matizada por las nuevas muestras de amor que me dio Cristi: la llevó a comprar artesanías al Bazar del Sábado, le consiguió unas gotas que desinfectaban ensaladas en forma instantánea y le entregó una lista de farmacias que abren las 24 horas.

Además, estableció una espléndida relación con Tania y memorizó el cuento de las zanahorias carnívoras para recitárselo en los embotellamientos.

Lo más sorprendente fue que la onda expansiva de Cristi llegó a Renata. Una tarde se encontraron afuera de mi casa.

—Qué mona es tu novia —dijo mi ex.

Por un momento pensé que también yo era capaz de "flotar en las profundidades".

Pero una noche, mientras dormitaba ante las noticias de la televisión, sonó el teléfono:

—Estoy aquí —oír esa voz trémula, apagada, apenas audible, significaba entender, con estremecedora sencillez, "estoy vivo".

—¿Dónde es "aquí"? —le pregunté.

—En el Parque de la Bola.

Me puse los zapatos y crucé la calle. Samuel Katzenberg estaba junto a la esfera de cemento. Se veía más delgado. A pesar de la oscuridad, sus ojos reflejaban angustia. Abracé su camisa de cuadros. Él no esperaba el gesto. Se sobresaltó. Luego, como si apenas ahora aprendiera a hacerlo, puso sus manos en mi espalda. Lloró, con un hondo gemido. Un hombre que paseaba un afgano se alejó al vernos.

Katzenberg olía a cuero rancio. Entre sollozos, me dijo que lo habían liberado en las afueras de la ciudad, junto a una fábrica de cemento. Ahí paró un taxi. No recordaba mi dirección, pero sí el absurdo nombre de la glorieta que estaba enfrente:

—"Parque de la Bola" —recitó.

Guardó silencio. Luego vio la esfera de cemento, se acercó a ella, la palpó con manos torpes, reconoció el débil contorno de los continentes:

—La bola es el mundo —dijo con emoción.

Fuimos al departamento. Después de darse un baño me contó que había estado encapuchado, en un cubil diminuto. Sólo le daban de comer cereal. En una ocasión se lo mezclaron con hongos alucinantes. Le quitaban la capucha una vez al día para que contemplara un altar donde se mezclaban imágenes cristianas, prehispánicas, posmodernas: una Virgen de Guadalupe, un cuchillo de obsidiana, unos lentes oscuros. En las tardes, durante horas sin fin, le ponían *The End*, de los Doors. A sus espaldas, alguien imitaba la voz dolida y llena de Seconales de Jim Morrison. La tortura había sido terrible, pero le había ayudado a entender el apocalipsis mexicano.

Los ojos de Katzenberg se desviaban a los lados, como si buscara a una tercera persona en el cuarto. Yo no tenía que buscarla. Era obvio quién lo había secuestrado.

13. *Friendly Fire*

—¡Qué milagrín! —Gonzalo Eridozábal me recibió en pantuflas.

Entré a su departamento sin decir palabra y tardé en decirle algo. Demasiadas cosas se revolvían en mi interior, la zona que con tanto cuidado evito al escribir guiones. Cuando finalmente hablé, no fui capaz de reflejar la complejidad de mis emociones.

Gonzalo se sentó en un sofá recubierto de pequeñas alfombras. La decoración expresaba el frenesí textil del inquilino. Había estambres huicholes en colores que reproducían la electricidad mental del peyote, tapetes afganos, cuadros de una ex novia que alcanzó sus quince minutos de fama enhebrando crines de caballo en papel amate.

—¿Un tecito? —ofreció Gonzalo.

No le di oportunidad de que se hiciera el médico naturista. Desvié la vista al cartel de Morrison. El secuestro tenía su sello de fábrica. ¿Cómo pudo ser tan burdo? Arrodilló a su víctima ante un altar sincrético que tal vez —y la idea me espantó— aparecería en "mi" guión.

Con frases sinceras y torpes hablé de su afán de manipulación. No éramos sus amigos: éramos sus fichas. ¡Podíamos ir a la cárcel por su culpa! ¡Los judiciales me estaban vigilando! Si yo le importaba un carajo, por lo menos podía pensar en Tania. Un regusto amargo me subió a la boca. No quise ver a Gonzalo. Me concentré en los arabescos de la alfombra principal.

—Perdón —volvió a decir esa palabra que sólo servía para inculparlo—. No te pido que me entiendas. Pero toda historia tiene su reverso. Déjame hablar.

Lo dejé hablar, no porque quisiera sino porque los labios me temblaban demasiado para oponerme.

Me recordó que en la visita anterior de Samuel Katzenberg él había inventado rituales mexicanos a petición mía. Fui yo quien lo involucró con el periodista. Martín Palencia tuvo razón cuando acarició el pelo rubio de la muñeca: yo había conectado a Katzenberg con su secuestrador, pero entonces no lo sabía. ¿Cómo no lo intuí antes? ¿Qué clase de pendejo era ante Gonzalo?

—Soy actor —dijo él, con voz serena—, siempre lo he sido, eso lo sabes. Lo único es que el teatro me quedó chico y busqué otros foros. No me presentaste a Samuel para que dijera la verdad sino para que simulara.

Katzenberg le tomó afecto y le anunció que volvería a México. Se lo dijo a él antes que a mí. Por eso no se sorprendió cuando le dije que el periodista había vuelto a la ciudad. ¿Era un pecado que estableciera relaciones por su cuenta? No, claro que no. Samuel se había franqueado con él: se estaba divorciando y su contrato prematrimonial tenía una cláusula que lo libraba de responsabilidades en caso de sufrir una severa crisis nerviosa; además, le urgía escribir un buen reportaje.

—No es cierto que un irlandés antisemita se estuviera cogiendo a su novia y a su esposa. Samuel no tiene novia. ¿Ya conociste a Sharon? Eso demuestra que el irlandés no existe. También a Sammy le gustan los montajes. Quería tenerte de su parte. Cree que eres sentimental. ¿Sabes por qué le urgía escribir un buen reportaje? Porque el verificador de datos le hizo un flaco favor cuando publicó su nota sobre Frida Kahlo y el volcán. Descubrió toda clase de exageraciones y mentiras, pero no corrigió nada. Dos años después hubo una "auditoría de datos". Esas cosas pasan en Estados Unidos. Son unos pinches puritanos de la verdad. Un batallón de verificadores revisó los reportajes y el de Samuel sobre México quedó del nabo. La principal fuente de sus embustes eras tú. Dijiste mamada y media para aplacar su sed de exotismo. Samuel se equivocó: su Garganta Profunda era un delirante. ¿Sabes por qué te buscó en su segunda visita? Para enterarse de lo que *no* debía escribir. El farsante original eres tú. Acéptalo, cabrón.

Eso era lo que Katzenberg pensaba de mí: mis palabras representaban el límite de la credibilidad. Por eso se veía tan esquivo e inseguro en Los Alcatraces. No desconfiaba de las otras mesas sino de lo que tenía enfrente.

El secuestro orquestado por Gonzalo lo sumió en la realidad que tanto ansiaba. Katzenberg lo había vivido como algo indiscutiblemente verdadero: sus días en cautiverio fueron de una devastadora autenticidad.

—En la guerra a veces un comando elimina a sus propias tropas. Le dicen *"friendly fire"*, fuego amigo. No creo que Samuel haya sufrido más de lo que quería sufrir. El divorcio y la crónica le van a salir regalados. ¿Sabes quién pagó el rescate? —hizo una pausa teatral—. Su revista.

—¿Cuánto te dieron, hijo de la chingada?

—Déjame acabar: ¿sabes lo que descubrió Samuel?

No contesté. Tenía la boca llena de saliva amarga.

—¿Conoces las Barbies de Tuxtepec? —me preguntó.

Pensé en la muñeca que me había mostrado el judicial, pero no dije nada. Gonzalo no necesitaba mis respuestas para seguir hablando:

–Antes de hablar contigo, Samuel fue a Tuxtepec. Descubrió que la fábrica está llena de chinos. Una mafia de Shangai falsifica aquí lo que supuestamente viene de Pekín. Vivimos en un mundo de espectros: copias de las copias, la piratería total. El próximo reportaje de Samuel se llamará: "Sombras chinas".

Gonzalo Erdiozábal se sirvió una taza de té.

–¿De veras no quieres?

–¿Es té pirata? –pregunté– ¿Cuánto cobraste?

–¿Qué clase de insecto crees que soy? ¡No cobré nada! Los 75 mil dólares son para los niños pobres de Chiapas.

Me mostró un recibo impreso en una lengua que no entendí. Luego añadió:

–El gobierno sueco supervisa los depósitos. Le dimos la vuelta a la violencia, para una causa justa –bebió té con lentitud, abriendo un paréntesis para agregar–: confundiste al pobre Samuel con todas las pendejadas que dijiste en su otra visita. Casi perdió el trabajo. Ahora no sabía en quién confiar. Si yo no lo hubiera secuestrado, la mafia china le habría echado el guante.

–¿Lo secuestraste por filantropía?

–No simplifiques. Al final todo fue para una causa justa.

Yo no podía más:

–¿Te parece una causa justa cogerte a Renata?

–¿De qué hablas?

–De una hacienda, pendejo. De la cancha de tenis. De cuando fuiste por una pelota con Renata y tardaron siglos en regresar. Hablo de la pelota que acabo de encontrar en el asiento trasero de un Chevrolet, el Chevrolet donde te cogiste a Renata. Eres un animal.

Gonzalo no pudo contestar porque sonó su teléfono celular. El tono de llamada era la versión de Jimi Hendrix del himno de Estados Unidos.

Extrañamente, Gonzalo dijo:

—Para ti —me tendió el teléfono.

Era Cristi. Me había buscado por cielo, mar y tierra. Me extrañaba horrores. Extrañaba las arrugas de mis ojos. Arrugas de pistolero. Eso dijo. Un pistolero que mata a muchos pero es el bueno de la película.

Gonzalo Erdiozábal me veía detrás de la nube de vapor que salía de su taza de té.

Cuando colgué, habló con voz debilitada:

—Cometí un error con Renata. Eso no le sirvió a nadie: ni a ti, ni a ella, ni a mí. Ustedes estaban tronando. Admítelo. Yo fui la puerta de salida. Nada más. Te pedí perdón. Hace eras. ¿Quieres que me arrodille? No me cuesta ningún trabajo. Perdóname, güey. Me equivoqué con Renata, pero no con Cristi.

—¿Qué quieres decir?

—Te adora. Lo supe desde un día que nos encontramos con ella, a la salida de esa infame obra de teatro, *El rincón de los lagartos*. Sólo necesitaba un empujón. Ella tenía dudas de ti. Bueno, todos tenemos dudas de ti, pero al menos eso es algo, de la mayoría de la gente no tengo dudas: es asquerosa y ya.

—¿También la invitaste a jugar tenis?

—No seas ordinario. Escribí lo que pienso de ti, que por lo visto es maravilloso. ¿O no? Lo hice en primera persona, como si hablaras tú. Soy actor, la primera persona suena muy sincera en voz de los actores.

Guardé silencio. Me costó mucho trabajo decir la frase, pero no podía irme sin pronunciarla:

—¿Tienes una copia del guión?

—Claro, maestro.

Gonzalo parecía aguardar ese momento. Me tendió una carpeta encuadernada.

—¿Te gustan las tapas? La textura se llama "humo", es negra pero puedes ver a través de ella: como tu mente. Lee el guión para que veas cómo te quiero.

Un resto de dignidad me impidió contestar.

Salí sin el melodrama de azotar la puerta, pero con la afrenta de dejarla abierta.

13. *Dólares*

Katzenberg regresó a Nueva York con su esposa, pero se divorció a las pocas semanas, sin el menor contratiempo legal de por medio. Alguien que pasa por un secuestro en México y es calificado por el presidente como *"an American hero"* tiene derecho a la cláusula de excepción del contrato prematrimonial.

Me habló desde su nuevo departamento, muy agradecido por lo que había hecho por él:

—Te juzgué mal después de mi primer viaje. Gonzalo insistió en que te volviera a contactar. En verdad valió la pena.

Su crónica sobre la piratería china fue un éxito que pronto rebasó con la crónica de su secuestro, que obtuvo el insuperable *Meredith Non Fiction Award*.

Con el mismo asombro con que sus lectores lo seguían en Estados Unidos, yo leí el guión en que Gonzalo me suplantaba con desafiante exactitud. Había hecho una pantomima perfecta de mis manías, pero logró que mis limitaciones lucieran interesantes. Su autobiografía ajena era una muestra del talento para suplantar de un actor, pero también de la tolerancia con que había sobrellevado mis defectos. Tenía una manera rara de ser un gran amigo, pero en verdad lo era.

Por amor propio tardé dos meses en decírselo.

Nunca hablé con Renata de su *affaire* con Gonzalo. Mi única venganza fue entregarle la pelota de tenis que encontré en el Chevrolet, pero la memoria es un universo caprichoso. Ella la tomó con indiferencia y la puso en un frutero, como una manzana más.

Cristi se llevaba cada vez mejor con Tania, aunque no compartía nuestro interés en Keiko, quizá porque eso ocurrió antes de su llegada a nuestras vidas.

Las noticias de la ballena eran las únicas tristes: no sabía cazar ni había encontrado pareja en los mares fríos. Parecía extrañar su acuario en la ciudad de México. Lo único bueno —al menos para nosotros— era que iba a protagonizar la película *Liberen a Willy*.

—¿Por qué no escribes el guión? —me preguntó Tania, con la estremecedora confianza que años atrás me atribuyó su madre.

Cristi tenía razón, había llegado el momento de olvidar a la orca.

El último episodio relacionado con Samuel Katzenberg ocurrió una tarde en que yo contemplaba el Parque de la Bola y los niños que patinaban en torno al mundo en miniatura. El cielo lucía limpio. Al fin habían terminado los incendios forestales. Un susurro me hizo volverme a la puerta. Alguien deslizaba un sobre.

Adiviné el contenido por el peso: ni una carta, ni un libro. Abrí el sobre con cuidado. Junto a los dólares, había un mensaje de Samuel Katzenberg: "Llego a México en unos próximos días, para otro reportaje. ¿Está bien este anticipo?"

Media hora más tarde, sonó el teléfono. Katzenberg, de seguro. El aire se llenó de la tensión de las llamadas no atendidas. Pero no contesté.

Índice

En sus libros, **Juan Villoro** (Ciudad de México, 1956) ha desarrollado una prosa inconfundible que ha merecido algunos de los premios más importantes del territorio hispanoamericano: el Xavier Villaurrutia, el Mazatlán, el Jorge Herralde, el Vázquez Montalbán, el Antonin Artaud, el Internacional de Periodismo Rey de España y el José Donoso. Entre sus obras se encuentra la novela *El testigo*, las crónicas de *Safari accidental*, los ensayos de *Efectos personales* y el libro infantil *El profesor Zíper y la fabulosa guitarra eléctrica*. Editorial Almadía ha publicado su novela breve *Llamadas de Ámsterdam*, las crónicas de *Palmeras de la brisa rápida* (2009) y *8.8: El miedo en el espejo* (2010), los libros de cuento *Los culpables* (2007), *¿Hay vida en la Tierra?* (2012) y *El Apocalipsis (todo incluido)* (2014), el libro infantil *El fuego tiene vitaminas* (2014), ilustrado por Juan Gedovius, las fábulas políticas de *Funerales preventivos* (2015), acompañadas por caricaturas de Rogelio Naranjo, y el texto dramático *Conferencia sobre la lluvia* (2013).

Títulos en Narrativa

EL APOCALIPSIS (TODO INCLUIDO)
¿HAY VIDA EN LA TIERRA?
LOS CULPABLES
LLAMADAS DE ÁMSTERDAM
Juan Villoro

CARNE DE ATAÚD
MAR NEGRO
DEMONIA
LOS NIÑOS DE PAJA
Bernardo Esquinca

LA SONÁMBULA
TRAS LAS HUELLAS DE MI OLVIDO
Bibiana Camacho

EL LIBRO MAYOR DE LOS NEGROS
Lawrence Hill

NUESTRO MUNDO MUERTO
Liliana Colanzi

IMPOSIBLE SALIR DE LA TIERRA
Alejandra Costamagna

LA COMPOSICIÓN DE LA SAL
Magela Baudoin

JUNTOS Y SOLOS
Alberto Fuguet

LOS QUE HABLAN
CIUDAD TOMADA
Mauricio Montiel Figueiras

LA INVENCIÓN DE UN DIARIO
Tedi López Mills

LOS CULPABLES

de Juan Villoro
se terminó de
imprimir
y encuadernar
el 1° de agosto de 2017,
en los talleres
de Litográfica Ingramex,
Centeno 162,
Colonia Granjas Esmeralda,
Delegación Iztapalapa,
Ciudad de México.

Para su composición tipográfica se emplearon las familias Bell MT de 11:14 y
Steelfish de 37:37 y 30:30. El diseño es de Alejandro Magallanes.
El cuidado de la edición estuvo a cargo de Karina Simpson.
La impresión de los interiores se realizó sobre papel Cultural de 75 gramos.